天寶大球場的陷落

蔡駿 著

宜 高 文 化

目錄

聖嬰

這是一座海邊的城市，沿江胡亂地停泊著許多中國人的小木船，在水泥碼頭邊，一艘巨大的英國輪船噴著黑煙停靠在岸邊，它從地中海北岸的某個義大利港口駛出，是熱那亞還是那不勒斯，這無關緊要，它是出直布羅陀海峽走大西洋繞好望角入印度洋，還是走蘇伊士運河的捷徑也無關緊要，甚至它是否在科倫坡新加坡香港中途停靠也無關緊要，重要的是它在中國的這座城市停了下來，一個三十歲的義大利人選擇了這座城市，或者說這座中國城市選擇了這個義大利人。在我的記憶裡，這個義大利人有著一雙棕色的眼睛，隱隱約約發出淡淡的光，這雙眼睛的深邃，讓許多人對它終生難忘。他穿著一身黑色的衣服，下擺特別的長，吸引了幾個法國貴婦人的目光。他挺直了身體，拎著一個沉甸甸的黑色皮箱，沒人知道裡面裝了什麼東西，他走下了舷梯，看了一眼東方的天空，看了一眼這個神奇的城市，他知道，這就是他的目的地了。下了船，踏上了中國的土地，卻不需要簽證，碼頭上只有英國人指揮的印度士兵，和歐洲各國的國旗，還有留著長長辮子的中國搬運工。他叫了一輛人力車，進入了我們這座城市，當人力車載著他穿越大街小巷時，他有一種回到歐洲的感覺。直到很遠的地方，他才看見了中國的國旗——黃龍旗，在黃龍旗下，有一個中國人，穿著一件與他同樣的黑色長下擺的衣服，胸前懸掛著十字架，向他微笑著。他下了車，和中國人以極其細微的聲音說著什麼，中國人的臉色有了些變化，然後在一間陰暗的房間裡，他打開了他的皮包，這一瞬，改變了他在中國的命運。以上所述的時間是一九〇〇年，現在回到二〇〇〇年，我開始描述一個女孩以及她的一個夢。

在那個致命的清晨，我所要描述的這個女孩醒來了，我沒有必要給她姓名，我只能稱她為「她」。她是從一個奇怪的夢中醒來的，在她將來的一生中，她會不斷地回憶覆述這個夢並加以解釋。她的房間常年處於陰暗中，只有清晨的陽光透過百頁窗傾瀉在她的臉上，那些白色的橫向光亮才會像一張黑白條紋的面具覆蓋著她，讓她在床上支起的身體有了些斑馬般的野性。當然，這只是一種印象，只有十九世紀的油畫裡才能體現的印象。她的眼睛位於陽光的縫隙裡，所以從瞳仁的深處，就出現了一種光亮，這是她第一次感覺到了自己眼中的光。

她似乎能直接看到這種光線，來自她的體內。她走下了床，總是在陰暗的房間裡關著的皮膚呈現一種病態的蒼白，彷彿是透明的玻璃，一碰就會變得粉碎。

她有了一種衝動，於是她拉開了百葉窗，這個清晨的陽光異常地明亮，深深地刺激了她的眼球。陽光像一把把利劍送入了她的體內，於是，她體內的變化由感覺上升為一種直接的行動。她捂著嘴，滿臉痛苦地衝出了房間，躲到衛生間裡去了。更為重要的是，她如此反常地衝出房門的情景立刻被父母看見了，父母不安地看著她把衛生間的門重重地關上，然後從裡面傳來某種母親所熟悉的聲音，接著是抽水馬桶和水龍頭放水的聲音。然後，門開了，她那張面無血色的臉還有額頭豆大的汗珠和驚慌失措的神情都讓父母一覽無遺地收入眼中，母親輕輕地問：「怎麼了？」此刻，母親的語氣是曖昧的，相當曖昧。但女孩沒有聽出來，她還不明白母親曖昧的原因。

母親又說：「我們兩個談談，好不好？」然後她拉著女兒走進了一間小屋，關緊了門。門外的父親面色鐵青地點了一支煙，他此刻的腦海中正在放電影一般地重複著許多鏡頭，仔細地搜索有關女兒的一切蛛絲馬跡。一個小時過去了，他的搜索毫無結果，這時，母女倆從房裡出來了，母親的神色相當不安，而女兒卻顯得平靜得多。她們一定進行過了非常詳細的對話，純屬女性的對話，男人非禮勿聽的對話，而這種私密性質的對話結果恐怕是敏感的父母所深為擔憂的。

「走，我們去醫院。」母親的語氣開始有些生硬了。

女孩不知道母親為什麼要帶她去醫院，經過了在她看來不可思議的檢查之後，她和父母走出了醫院。她發現在正午的陽光下，父母呈現了一種絕望的表情。

回到家，母親繼續與她進行純女性的對話，但是她完全聽不懂母親所說的，她唯一聽懂的是母親不斷重複的那句話：「那個男人是誰？」

她無法回答，因為她的確不知道，面對母親凌厲的攻勢，審問般的口氣，她開始不知所措起來。可她越是不知所措，母親就越是認為她在撒謊，越是認為女兒已經在不知不覺中墮落到了無可救藥的地步。可憐的女孩，她是無辜的，請相信。

母親最後真的生氣了，她打開了門，讓父親進來了，於是父親搧了女兒一個耳光。女孩的眼睛裡閃著淚花，她逆來順受地忍住了。她無法理解父母的行為，就像無法理解醒來前的那個夢，還有她身體深處的某些微妙的變化，她茫然無知地看著父母，瞳孔裡彷彿是透明的，她想要以此來向他們證明什麼，但這沒有用。

最後她大聲地問父母：「我也想知道，到底那個男人是誰？」

母親的臉上又掠過了一絲絕望：「你連到底是哪一個都不知道嗎？天哪，難道還不只一個？那你有幾個男人？」

「住口！」父親憤怒了，他產生了一種前所未有的恥辱感，彷彿是他自己在光天化日之下被剝光了衣服，失去了貞操一般，他再次送給女兒一個耳光。

女孩終於忍耐不住，將淚水滴落在地板上，地板發出了吱吱呀呀的聲音，她再仔細地看了看父母，突然有了一種陌生感。她一把推開父親，奪門而去，離開了這個家。

那個男人是誰？

她漫無目的地在這個城市徘徊，穿著短裙和拖鞋，就像這個城市裡隨處可見的問題少女。她不知道自己在幹些什麼，腦子裡總是重複著那句話：「那個男人是誰？」她真的希望能有人來幫她回答這個問題。

夜色闌珊了，她滿眼看到的都是霓虹燈和燈箱廣告，讓她有些目眩，她明白沒人能為她解答問題，只有靠自己尋找。於是她在馬路上漫漫的人群中尋找著，根據她有限的經驗，那個僅存在於想像中的男人應該二十出頭，留著不短不長的頭髮，臉應該是白白的，個頭中等，穿一件T恤。除此以外，至於那個人的長相、職業、性格都是一片混沌。她尋找了很久，在人行道中站立著，看著熙熙攘攘的人流如同潮水般從她兩邊湧過，而她則像一塊激流中的礁石，冷峻、蒼白。

終於她見到了一個男人，基本符合她的條件，於是她攔住了他，說：「你是那個男人嗎？」

對方被問地一頭霧水，茫然地看著她：「小姐，你問什麼？」

「我問你是不是那個男人？」

「哪個？」他的眼珠飛快地轉了一圈，然後似乎明白了什麼，意味深長地反問道：「多少錢？」

「我身上沒錢。」

「那當然，沒錢才出來做嘛。來，這裡人多，跟我走。」說著，他帶著她轉進了一條陰暗的小馬路，他向四周張望了一下，然後輕輕地說：「地方你選，價錢我定，怎麼樣？」

「我們認識嗎？」她不解地問。

「這還用得著認識嗎？不認識最好。」

「不，你不是那個男人。」她立刻轉身要走。

「哎，價錢也由你定，好不好？」

她已經走遠了。

昏暗的路燈，把她的影子拉長了，她一邊走，一邊看著自己的影子，她知道，影子裡還有一個影子，那個影子如此隱匿，僅能憑感覺去觸摸。她不認識路，馬路越走越小，到最後變成了一條小巷，深深的小巷，除了幾戶人家窗口的燈光外一片黑暗。她有些冷，下意識地抱住了自己的肩膀，向黑洞般的小巷深處走去。

突然，有一雙手從後面抱住了她，一陣粗重的呼吸從她的腦後傳來，重重地吹在她的脖頸裡。她想放聲大叫，嘴巴卻被一隻手堵上了，另一隻手有力地箍著她的腰，並越收越緊，讓她喘不過氣來。她用手肘拼命地向後反擊，但撞到的彷彿是一堵沈重的牆。然後她感到自己被騰空起來了，那只手抱著她向更黑暗的角落奔去。她感到了絕望，接著想到了死亡，死亡的感覺是美的，從她的腦子裡忽然閃出了這樣的念頭，「死亡的感覺是美的。」嘴被捂住了，於是她就用自己的心說。她問自己，為什麼會在痛苦中感到美？難道那個男人就是他？如果是的，她決定服從。

但是這種美感立刻就被打碎了，一道強烈的手電筒光束射到了她的臉上，黑暗中待了太久了的瞳孔一瞬間就縮小了許多倍，她的第一感覺是太陽，太陽降臨了。在一瞬間什麼都看不到，只有白晃晃的一團之後，她開始看清前面，有個穿制服的人影提著手電筒向這裡奔來，一邊還大叫大嚷著什麼。她覺得自己的臉現在一定被手電照得雪白，白得像個死去了很久的女人，躺在墳墓裡，等待盜墓者的來臨。

腰間的那隻手忽然鬆了，堵著嘴的手也鬆了。那個人要逃了，但她不想讓他逃走，因為現在她已經認定他就是那個男人了。她終於能夠轉過身，但那個人也轉過身向黑暗中拼命地跑去，她大聲地叫：「你別跑，我跟你走。」她還從來沒叫得那麼響，尤其是在黑夜中。這聲音讓四周黑暗的窗戶亮起了燈光。

她剛要向那個人追去，身後的一雙大手就搭在了她的肩上了。她別無選擇，只有回過頭來，見到了一個警察，他個子很高，臉在黑暗中看不清，但大概是個年輕人的輪廓。

「那傢伙欺負你了？」他的嗓音富有磁性，有一種奇特的魅力。

她無法回答，也許她到了最後更加渴望被認定為是那個男人的陌生人欺負。

「不是嗎？那他是你男朋友？」

「不。」

「那他是個流氓，而且，你也不應該晚上一個人在外面亂轉。你父母會著急的，如果不是我剛巧路過這裡，你有沒有想到會發生什麼事嗎？」

「可我想，他就是我要找的那個男人。」

「真沒想到你是這樣的女孩子，你叫什麼名字，幾歲了，家裡住哪？」

「我不想說。」

「真不像話，現在的女孩子膽子太大了，走，跟我回分局裡去。」突然有一盞路邊的燈亮了，照亮了小警察的臉，他的臉上還有幾粒粉紅色的粉刺，鼻子上好像冒著油，大概剛從警校畢業吧。於是她又有了一個奇怪的念頭，也許那個男人就是他吧。這個突如其來的念頭像一隻錘子一樣重重地敲在了她心上。

「你不認識我了嗎，你忘了嗎？那個男人就是你啊。」

「女孩子要自重。」雖然小警察盡力地在模仿父親的口氣，可他說這句話的時候卻明顯地在顫抖。

「你不記得我了嗎，但這不奇怪，我也不記得你了，但我們一定認識過，否則我就不會去醫院檢查了。」

「你說什麼？小聲點，別讓人聽見，這種話可不能亂說的，我看你不該去分局，該去精神病醫院。」說完，小警察就像躲避瘟疫似的回頭奔走了。

難道他真的不是，她對自己說。小巷裡一陣穿堂風吹來，她更涼了，急忙小跑著走出了小巷。在另一條馬路上，她走進了地鐵站。

身上只有三塊錢了，她買了一張地鐵票子，走進了候車的站臺，快關門了，地鐵站裡的人稀稀拉拉的，而且大多無精打采。她坐在一張椅子上，茫然地看著對面的廣告，廣告裡有個身材苗條的女人，瞪著大得嚇人的眼睛看著她。地鐵來了，從地下的深處風馳電掣般地衝過來，再以緩緩的減速度停下，它那孕婦肚子般的車廂裡只出來三三兩兩個人，然後又進去幾個人，她覺得實在有些浪費。她沒有動，她的手裡捏著票子，眼睜睜看著這次列車隆隆地開動。過了一會兒，另一個方向的列車又衝了過來，反方向地重複了一次，可她還是沒有動。

她不知道自己要去哪兒，現在站臺上空無一人，離最後一班車的時間還有五分鐘，她懶懶地閉上了眼睛，等待地鐵工作人員把她給抬出去。

五分鐘後，她再次聽到一班列車從隧道中趕來，那種風把她的頭髮吹亂，那種聲音像個男人的腳步重重地向她衝過來，就像古代北方遊牧民族來擄掠女人的騎兵隊。再一次停下，像一匹喘息的馬，然後列車門打開，騎士們下馬，馬具在互相碰撞中產生美妙的音樂。一個人來到她的跟前，好奇地看著這個椅子上閉著眼睛似乎在享受什麼的女孩。

但是這個人不是她所要找的男人。

於是，在我們這個故事裡，第二個女孩出現了，對於她，我給她一個名字——羅蘭。

第一個沒有名字的女孩睜開了眼睛，她第一眼見到的是羅蘭的眼睛，她彷佛見到了自己眼睛的克隆品，在驚訝中她看清了羅蘭。她有一種預感，羅蘭將會幫助她，於是她大膽地對這個陌生的同齡女孩說：「我在尋找那個男人。」

「我在尋找我的孩子。」羅蘭的回答同樣令人吃驚。

她站了起來，好像很久以前就認識羅蘭了。這時，另一個方向的列車來了，這是最後一班了，她跟著羅蘭走進了車廂。

她被列車啟動的慣性向後輕輕一蕩，然後列車駛入黑暗的隧道，列車裡的燈光有些曖昧，在她的眼裡，彷佛光線都在不停地來回搖晃著，就像坐船一樣。最後一班列車裡沒什麼人，不知從什麼角落裡傳來有人睡著打呼嚕的聲音，她們坐在了一起，互相看著，她輕輕地說：

「你說你在找你的孩子？」

「對，一個月前，我生下了一個孩子，但他（她）生下來就失蹤了，我沒有見到他（她），不知他（她）是男是女。雖然在常人看來不可思議，但請相信，我確實生下了一個孩子，我剛剛坐好月子。無論如何，我要找到我的孩子。」

「你到結婚年齡了嗎？」

「沒有。」

「那你和我一樣。」

「你也丟了孩子？」

「不，我的孩子還好好的，還在我的肚子裡，他（她）還很小，很安全。」

「那個男人知道嗎？」

「不，我不記得有過什麼男人，事實上根本就不存在什麼男人，沒有，直到今天早上，在媽媽的幫助下，我才發現了這回事。但媽媽問我那個男人是誰，不停地問，就像是審問我，可我根本就不知道。所以，我必須找到那個男人，儘管我也不知道他是誰，長什麼樣，幹什麼，但我必須要找到他，否則我永遠也回不去了。」

「對，你和我一樣。」在微微的顛簸中，羅蘭的臉色似乎比她更蒼白。

不知道又過了幾站，地鐵終於到了終點站了，她們走出地鐵站，走過荒蕪的馬路，羅蘭帶著她來到了一棟小樓前。她覺得這棟小樓非常奇怪，至少有幾十年的歷史了，矗立在樹叢中，有股神聖不可侵犯的氣氛，特別是尖尖的屋頂能讓她回想起什麼，好像自己曾經來過這裡。在屋頂正面，彷彿有個什麼標誌，黑暗中看不清。然後她們上到了三樓的一個房間。房裡沒有床，也沒有什麼家具，裝飾很老的樣子，只有一張席子。

羅蘭再給她鋪了一張蓆子。她們關了燈，匆匆地睡了。

窗外照進來藍色的光，像一件晚禮服，柔軟的絲綢面料，拖啊拖啊，一直拖到她的席子上。她不斷地用手指撥著席子的縫隙，一稜又一稜，就像是彈著吉它的琴弦，光潔的手指此刻有股瓷器的光澤。她睜著眼睛，滿眼都是那淡淡的藍色，和窗外婆娑的樹葉影子。然後她看著睡在旁邊的羅蘭，羅蘭側臥著背對著她，她能看到羅蘭背後身體的輪廓，被光線罩上了一層藍色的光圈。那曲線和她自己的一模一樣，只是更加豐滿，更加有誘惑力，雖然羅蘭還是一張女孩的臉，但身體似乎已經是少婦的了，那更證明了羅蘭的確生過孩子。她發現羅蘭的身體開始微微地發抖，那圓潤的肩膀像大海的波浪一起一伏，恰好與藍色的光線協調起來。

漸漸，起伏越來越大，輕輕的海濤變成了巨浪，她開始聽到一陣陣微弱的啜泣聲，就像波浪爬上沙灘的聲音。羅蘭把身體轉了過來，變成了仰臥，於是她看到一個波峰從羅蘭的胸口湧過，往下又是一個深深的波谷。羅蘭的臉轉向了她，她看到羅蘭的臉上掛著兩顆大得驚人的淚珠，發出鑽石般的藍色光芒。她伸出了手，輕輕地擦去了羅蘭的淚珠。

「我的孩子沒了，我真的生下了他（她），上帝啊，我的孩子不見了，我的孩子，我的命。」

羅蘭終於哭了出來，緊緊抓住了她的手，兩個人的十根手指像彎曲的樹枝一樣糾纏在了一起。羅蘭的頭靠在了她的懷裡，她摟著羅蘭富於彈性的肩膀，嘴唇貼著羅蘭的頭髮，她有一種被青草吞沒了的感覺。羅蘭的身體繼續在她的懷裡起伏著，衝擊著她的胸口和心臟，她發現自己的胸口已經被羅蘭的淚水浸濕了。她咬著自己的嘴唇，幾乎咬破了，她感到自己懷裡抱著的是她的女兒，她們像一對痛苦的母女倆，依偎在藍色瀰漫的房間裡。

「我的孩子。」那個藍色的夜晚，她的耳朵裡充滿了這種淒涼的聲音。

一個大著肚子的少女用黑色的頭巾蒙著臉走在佛羅倫斯的小巷中，長長的小巷，兩邊是石頭房子，窗戶都開得很高，熄滅了燭火。黑暗的小巷似乎永無盡頭，偶爾有巡街的的燈火穿過，像一隻暗夜中野獸的眼睛，發出捕食前幽幽的光芒。佛羅倫斯的少女絕望了，她沒有了力氣，在她純潔無暇的身體裡，一個恥辱的生命正在蓬勃地成長，要把她的身體給撕裂。

少女把手扶在古老的石牆上，也許這堵牆是十四世紀黑死病時期修建的，充滿了一種死亡的涼意。又是一股陣痛，撕心裂腑，少女用手捧著自己的腹部，滿頭大汗，她把自己的嘴唇都咬破了。不，不能在這兒，她對自己說著，她忍著前所未有的疼痛一邊扶著石牆一邊緩慢地前進，一路上留下了一長串的血跡，引來了一群蒼蠅。

終於，目的地到了，少女幾乎是爬著進入了一個馬廄，對，馬廄，必須在這裡。一匹白色的純種馬正在熟睡著，她把自己的身體放在了馬槽上，分開了雙腿。整個馬廄充滿了馬尿和草料的氣味，加上少女的血，混雜在一起，似乎已不是人間所能有的了。佛羅倫斯少女終於大聲地叫了出來，痛苦地呻吟著，白馬被她的動靜驚醒了，睜開了大眼睛注視著這個陌生的場面。於是，白馬見到一個孩子誕生了，是個男孩，男孩沒有啼哭，而是手腳亂蹬著，白馬嚇了一跳，牠狂躁地跳躍著，終於掙脫了韁繩，撞開了柵欄，衝入了佛羅倫斯茫茫的黑夜。

少女吻了吻男孩，然後哭著離開了馬廄。男孩睜開了眼，靜靜地等待著那位路過的神父。

這是十九世紀的事了。

「你為什麼要一個人住，你的父母呢？」清晨的光線再次降臨在她的身上，她的嘴唇終於有了些血色。

「告訴你，我是一個棄嬰，生出來就被扔掉了，我只有養父母，自從我肚子裡有了孩子，他們就給了我一筆錢，把我趕出來了。」羅蘭現在完全不像昨晚那樣痛苦了，她的臉上始終有一種微笑，「好了，談談你吧，你準備怎麼找那個男人。」

「不知道，我想他應該二十出頭，不短不長的頭髮……」

「夠了，接下去是白白的臉，大大的眼睛是嗎？這不對，女孩子總希望這樣幻想，但這不可能。我說啊，那個男人至少應該有三十歲，臉白不白，眼睛大不大都無關緊要，他的身材很挺拔，最好戴一副眼睛。他應該事業有成，有一個妻子，但是他不滿足，還在外面尋花問柳。於是他遇見了你，你也遇見了他，這是上天的安排，可惜，由於某種意外，他和你都失去了記憶，於是你不知道是怎麼回事，他也不知道，害得你要到處尋找他，只有你們兩個再次重逢，才能重新自然地回憶起來。」

「你在寫小說啊？我可不喜歡大男人，還是小一點好。」

「大的好。」

「小的好。」

「大的才有魅力，小的還沒本事把你肚子弄大。」

「你不要亂說話，我不好意思了，那你的孩子的父親是個三十歲的男人？」

「不，我不想透露那個人是誰，總之這個人非常神聖，是世界上最神聖的人，不，他根本就不是人，而是神。」

「你太癡情了。」

「不，我說的是事實。」羅蘭突然用一種非常嚴肅認真的目光注視著她，好像是以自己的眼睛在擔保。那樣子讓她吃了一驚。

「好，我相信，走吧，我們去找我們要找的人。」

她們出了門，她特意回頭看了看，屋頂正中有一塊長方形的水泥，真是奇怪，也許是用水泥把什麼東西給封掉了。

坐上了地鐵，早上地鐵車廂裡人很多，空氣也很混雜，她們坐的位子對面有一個長頭髮的男人，戴著副墨鏡，在擁擠的人群中，她能透過縫隙看到那長頭髮男人的半邊臉。那男人有一張堅強的嘴，她輕輕地對羅蘭說。

「對，薄薄的嘴唇，削瘦的臉頰，長頭髮，也許是個樂隊吉它手或是鼓手，甚至是個詩人，總之是搞藝術的吧，不過，你也別期望太高，他也有可能是黑社會的。」羅蘭的回答總是讓她驚訝。

戴墨鏡的男人像一尊雕像一樣文風不動地坐著，似乎在思考著什麼問題，她再一次輕聲說：「也許他也在尋找著我。」

「對，那個女人是誰？他正在憂傷地尋找著在他看來是不存在的女人。這一定令他大為煩惱，因為這個命題無疑是自相矛盾完全不符合邏輯的，就像你一樣。」羅蘭的嘴角微微動了動，「瞧，他要走了，跟著他。」

她們跟著這個男人走出了地鐵站，出乎意料的是，男人走進了一個公園，很小很偏僻的公園，又不是雙休日，公園裡幾乎沒什麼人。男人踏著一條被茂密蔥郁的樹枝和樹葉隱藏起來的小徑走著，身後背著一個黑色的包，他的影子在樹林裡忽然顯得有些虛幻起來，不像是真實存在的，忽隱忽現。在小樹林的深處，有一張綠色的長椅，被樹木從各個方向包圍著，幾乎照不到日光。她們不明白公園為什麼要選擇在這裡修一條長椅。男人在長椅上坐了下來，摘下了墨鏡，然後從背包裡小心地掏出了一個東西。

羅蘭一看到立刻叫了起來：「孩子，我的孩子！」她們衝到了那個男人跟前，卻發現男人手裡的不是孩子，而是一尊雕像，嬰兒的雕像。

這雕像大小也和真的嬰兒差不多，只不過是金屬做的，發出金燦燦的光芒。雕的好像不是中國嬰兒，這尊金色的雕像有著高高的鼻梁，深深的眼窩，頭上是捲曲的胎髮，全身赤裸著，是個男孩，雙手略微彎曲著向前伸出，好像要抓什麼東西。

「這是什麼？」

「聖嬰。」

「聖嬰？」

「就是剛誕生的耶穌。」

「這是金子做的嗎？」羅蘭大膽地問。

「不，是銅，外面塗了一層金屬塗料。」

「他真可愛。太美了。」

「只不過是一件複製品而已，一文不值，真品早就失蹤了。」

「失蹤？」一提到失蹤，羅蘭總是下意識的想到自己的孩子。

「一百年前，一位傳教士從義大利帶來了一尊據說是出自文藝復興時期某位藝術大師之手的聖嬰雕像來到中國，安放在我們城市的教堂中，成為這個城市所有基督徒共同的聖物。但是，僅僅三十年後，這尊聖嬰雕像便被一個神秘的人砸壞了，在教徒中引起了軒然大波，教會懸賞千兩黃金捉拿破壞聖嬰的人，但始終沒有查出那人是誰，於是就不了了之了。我只不過是個窮雕塑家而已，無聊之餘根據圖片或模子等舊資料複製一些雕塑作品罷了，像這樣的在我家裡還有許多呢。我想在一個自然的環境中欣賞它，因為它是我所有的聖嬰作品中最為滿意的一個，所以我來到了這裡，事實上我幾乎每個星期都要來。滿意了吧？」

「還有一個問題，你認識我嗎？」她終於大膽地說了。

男人非常奇怪，他理了理自己的長髮，接著仔細地端詳了她一陣，最後歎了一口氣：「知道嗎？你長得像一個人，如果我們過去真的認識，那我萬分榮幸。可惜我不認識你，太遺憾了。」

「你說我長得像哪一個人？」

「他的媽媽。」男人把指尖指著聖嬰對她說。

羅蘭插嘴了：「對不起，你能把這個雕像賣給我嗎？我非常喜歡它。」

「不，你就算出再多的錢我也不賣，這雖然是只個複製品，但它依然神聖。」男人居然親吻了雕像的額頭一下。

「我求你了，我的孩子失蹤了，我不騙你，我真的生下過一個孩子，但他（她）失蹤了，我非常痛苦，我需要聖嬰，我需要它。」羅蘭說著又哭了，羅蘭把頭埋在她的肩膀上，淚水順著她的肩頭一直滑落到手指間。

「真的嗎？」男人伸出了左手，抬起了羅蘭的下巴，然後用右手擦去了羅蘭臉上的淚痕，他有些無可奈何地說：「看來，你的確比我更需要聖嬰。拿去吧。」

「多少錢？」羅蘭接過了沈甸甸的雕像。

「送給你了，還要什麼錢。再見。」男人轉身就走了，還沒等兩個女孩道謝，就已經消失在樹叢中了。

「它真美。」房間裡亮著一盞黃色的燈，羅蘭的手裡捧著聖嬰，就像捧著自己的孩子。羅蘭甚至還試圖給雕像餵奶。羅蘭的確是剛生完小孩的女人，兩座雪白的山峰在黃色的燈光下，給她一種拉斐爾的畫筆下《西斯廷的聖母》的感覺。「奶水把我的胸脯漲壞了。」羅蘭對她繼續說著，一邊嘴角露出了初為人母的微笑。

「這棟樓很奇怪。」她改變話題了，「為什麼只有我們兩個住呢，其他的居民呢？」還沒說完，一陣夜晚的涼風就從窗外吹來灌進了她的嘴，讓她咳嗽了幾下，她立刻慌忙地把窗戶給關上了。

「據說幾十年前，這兒有個十八歲的女孩子悄悄地懷孕了，實在藏不住，於是就帶著腹中的孩子自殺了。所以沒人再敢住在這棟樓裡了。至於我嘛，告訴你一個秘密，我就是在這棟樓出生的，我的親生父母把剛出生的我丟在了這棟樓前，後來一對生不出孩子的夫妻路過這裡發現了我，便收養了我把我養大成人，可現在又因為我敗壞門風把我趕出了家門，其實我是無辜的，我是純潔的，總之妳是不會相信的，也用不著我多解釋了。我總不見得大著肚子露宿街頭吧，乾脆就在這兒住下了，我的孩子也是在這間房裡出生的，可惜他（她）一生下來就失蹤了。」

「孩子丟了，你去公安局報過案嗎？」

「去過，但什麼都查不出，唯一的證據就是醫院證明我的確生過孩子的檢查報告，最後他們居然說我自己把孩子給拋棄了，卻故意編造孩子丟了的謊言，我沒辦法了，只能自己找。我貼了許多尋嬰啟示，但一點用都沒有，我很絕望。我決定明天去兒童福利院看看，那兒有許多棄嬰，只能碰碰運氣了。你呢？」

「我想去查一下這棟樓的歷史。」

她沒有坐地鐵，而是一個人坐著巴士去查資料的。走下車，清晨的陽光像聖母的手撫摸著她的額頭，在一條幽靜的馬路上，她忽然看見了自己的父母，他們偷偷摸摸地在牆上貼著尋人啟事，啟事上印著她的照片。她悄悄地躲在一根電線桿後頭觀察著，媽媽在幾天之內蒼老了許多，半邊頭髮全白了，父親也是，他正為自己那兩個耳光而後悔不已。一個糾察市容的警察過來了，向他們大叫著，父母驚慌失措地提著刷啟事的漿糊桶逃往一條小巷。

她想喊出來，但那句話湧到了舌頭上卻又活生生地嚥了回去。她看著父母落荒而逃的背影，把自己的臉背了過去，但她終究還是沒有哭出來，捂著嘴小跑著離開了這條馬路。

在檔案館裡，她花了三個小時的時間才查到了那棟樓的資料——

「一九〇〇年，義大利傳教士保羅·馬佐里尼來華傳教，至本市落腳，並貼出廣告，徵集有馬廄的空地。果然找到一大戶人家的馬廄，馬佐里尼當即出鉅資買下此塊地皮，並將馬廄改建成一棟教堂，以此為據點進行傳教，因其地供奉有天主教聖物——聖嬰雕像，一度極為興旺。一九三〇年，馬佐里尼回國，原教堂遂廢棄，又被改建成民房。」

「聖嬰？」她自言自語著，「為什麼要在馬廄上造教堂呢？」

檔案裡還附著一張馬佐里尼的照片，肅穆的臉龐，黑色的捲髮，棕色的眼睛，他的目光中閃著一種淡淡的光，好像把視線的焦點對準了更遠的地方，是耶路撒冷嗎？還有他的資料——

「保羅・馬佐里尼出生於一八七〇年的義大利佛羅倫斯，由於是一個棄嬰，父母不詳，從小在教會的孤兒院中長大。一八九〇年在梵蒂岡神學院學習，一八九五年起在西西里島某教區任神父，一九〇〇年羅馬教庭認定他傳播異端宗教思想而將其流放至中國傳教，據說此前他還私自帶走了天主教聖物——聖嬰雕像。馬佐里尼到中國後，不顧羅馬教庭的激烈反對，利用聖嬰傳播其關於上帝蒙召的新教義並發展教徒，被羅馬斥為異端，他始終與羅馬進行鬥爭。直到一九三〇年，因為聖嬰意外被毀，羅馬教庭強制地召回了馬佐里尼（另一種說法是梵蒂岡綁架了他）。馬佐里尼回國後被強制悔過，但他始終沒有屈從於羅馬教庭，堅持自己的宗教理想，最終被宗教法庭開除教籍。晚年他在亞平寧山中隱居，於一九四四年失蹤，時年七十四歲，（一說他死於德軍與盟軍的戰火）。」

走出資料室，她再次感到了自己身體深處的變化，她覺得馬佐里尼的一雙眼睛正從背後看著她。此刻大街上的陽光，已不再是聖母的手指了。

「你喝酒了？」她問著羅蘭，在黃色的燈光下，滿嘴酒氣的羅蘭倒在蓆子上，雙眼無神地望著天花板，懷裡緊緊地抱著聖嬰雕像。

「也許我的孩子永遠都找不到了，他（她）也許死了。」

「今天我考慮了很久，我想要把我的孩子打掉。」

「你瘋了嗎？這是謀殺，你在謀殺一條人命，這是不能饒恕的罪惡，聽我的，把孩子生下來。」羅蘭大聲地說著。

「可，可我別無選擇，我今天看到了我的父母，他們很可憐。」

「聽我說，當初我的養父母發現我有了孩子以後，也是非常痛苦，一定要我打掉孩子。我知道，雖然不是親生的父母，但他們很愛我，把我當作親生的女兒，他們是為我好，可是我也必須為我的孩子考慮，我不能只想著我自己。我說什麼也不能打掉孩子，然後我就偷偷拿了一大筆錢逃出來了，其實他們也一直在找我，我回不去，我回去只會增添他們的痛苦。」

「但現在這樣他們更痛苦。」

「痛苦？你幾個月了，你的肚子還沒大出來呢，你有沒有想過當我大著肚子一個人走在馬路上的時候我有多麼痛苦？人們在旁邊指指點點，把我當作不良少女的典型，有一回在外面吃飯，居然被老闆趕了出來，他們說我晦氣，會讓他們觸霉頭，那一刻你知道我有多難受嗎？我一個人往醫院裡檢查，還要什麼證明的，我拿不出，那些醫生就在旁邊竊竊私語，你知道他們說些什麼嗎？我耳朵尖，全聽到了，她們罵我婊子，其實我還是個處女呢。」

「真的嗎？我以為世界上只有我身上才會發生這種事呢。」

「你很快就會感受到的，孩子對我們來說意味著什麼？是一塊肉啊，自己身上的一塊肉，而且這塊肉是你用自己的心血一點一滴地養大的，你會感覺到他（她）越來越大，感覺到他（她）和你說話，你們是可以交流的，這種感覺多麼美妙啊。你有沒有想過把你身上的肉活生生地割掉是怎樣的感覺？況且你肚子裡的這塊肉是有感覺的，有思想的，這塊肉自己能感到疼，會哭、會叫、會抗議，他（她）是有血有肉的，是一個獨立的人。」

「對不起。」

「不，你不要這樣說，你知道生孩子有多痛苦，我說過，我沒有去醫院，我是自己一個人在這間房間裡把孩子生下來的。我討厭醫院，討厭他們對我指指點點，他們雖然嘴上不說，可他們看我的那種眼神就是對我最大的侮辱。我先看了許多關於接生的書，然後我一個人，買好了分娩所需要的全部東西，做好了所有的準備，就在這間房裡靜靜地等待孩子誕生的那一刻。分娩的那種痛苦只有女人才會理解，我無法用語言來描述了，一個人，你明白一個人自己給自己接生是什麼感覺嗎？是絕望。在絕望中，我真的把我的孩子生下來了，在我疼得快昏過去的時候，我能清楚地聽到他（她）落地時響亮的哭聲，然後我暈了過去。天哪，當我醒來的時候，我的孩子不見了，我甚至還來不及看他（她）一眼，我拖著產後虛弱的身體找遍了這座城市，我恨這座城市，它吞沒了我的孩子。」

「別說了，我受不了，我答應你，把孩子生下來。」她們在眼淚中睡下了。

佛羅倫斯的空氣中充滿了但丁的氣味，佛羅倫斯人但丁在他的《神曲》中是這樣描述地獄的，他認為地獄共分九層，如漏斗形，越往下越小。罪人的靈魂依照生前罪惡的輕重，分別在不同的圈層裡受酷刑的懲罰，罪行越大的越居於下層。在第八層裡受罪的有淫媒和誘姦者、阿諛者、貪官污吏、買賣聖職者、占卜者、高利貸者、偽君子、盜賊、教唆犯、挑撥離間者、誣陷害人者、偽造者，最後是——羅馬教皇。

一個十歲的男孩正在一個昏暗的角落，悄悄地看著《神曲》，他孤獨地躲在大理石雕刻的陰影下，那是一個懷裡抱著剛誕生的耶穌的聖母像。潔白的大理石，莊嚴肅穆，和佛羅倫斯所有保存下來的文藝復興時期雕塑一樣，它也是出自某位大師之手，特別是瑪利亞的臉龐，彷彿是一個十八歲的義大利村姑。男孩一邊偷偷地看著書，一邊還扭頭看著瑪利亞的臉，讓男孩突然產生了某種欲望，他大膽地爬上了雕像，用手撫摸著瑪利亞還有耶穌。

「孩子，你在幹什麼？」一個穿著黑袍的神父走了過來，他一把將男孩揪了下來，狠狠地搧了男孩耳光。而男孩悄悄的把手放在背後將《神曲》藏在衣服裡。男孩的鼻血流了出來，像一條紅色的蟲子，扭動著身軀爬在他的嘴唇上。在搧了十幾個耳光之後，神父鬆開了手，他抱著男孩的頭說：「對不起，孩子，你太讓我失望了，你是我所見過的最有天賦的孩子，是上帝創造了完美的你，你應該成為一個大主教，紅衣主教，甚至——教皇。孩子，我愛你，你別讓我失望。」

男孩茫然地看著他，目光裡彷彿是透明的，然後他閉上了眼睛，擦了擦鼻血。

這裡是佛羅倫斯教會的一座孤兒院，時間是一八八〇年。

一種奇怪的聲音在她的耳邊響起，她迷迷糊糊地睜開眼睛，看到羅蘭筆直地站著，雙手伸開，就好像是在十字架上。羅蘭睜大著雙眼，眼神卻好像什麼都沒有，她非常奇怪，站起來問：「羅蘭你怎麼了？」

「我是供品。」

「什麼？」

「我是供品，我的孩子也是供品，他（她）被犧牲，獻給了神，而我，只不過是一個供品的製造者。我的孩子現在一定已經被烤熟了，鮮美的乳肉，就像烤乳豬乳鴿和雞子，他（她）是被吃掉的，只剩下一堆骨頭渣子。」

「不，這只是你的幻想。」

「現在，我有一個預言，我馬上就要死了。」

「不可能。」

「你看著。」羅蘭還沒說完右手裡就出現了一把小匕首，發出閃閃的寒光，她只見到匕首在眼前一亮，然後羅蘭的左腕上就開了一個口子，美麗的鮮血像勝利大逃亡那樣湧了出來，又像沒關緊的自來水龍頭那樣流到了地板上。她抱緊了自己的雙肩變得不知所措，直到羅蘭倒了下去，她才找了塊手帕包紮了羅蘭的傷口，然後吃力地背著羅蘭走出小樓叫了一輛車送醫院了。

第二天，她帶著羅蘭心愛的聖嬰雕像到醫院來探望羅蘭的時候，醫生告訴她羅蘭已經被轉到精神病醫院去了，因為羅蘭剛剛醒過來就發了瘋，脫光了自己的衣服胡言亂語，引來了大批圍觀的群眾，更糟的是羅蘭見人就打，用鹽水瓶砸破了一個醫生的頭，醫院認為羅蘭有嚴重的精神分裂症，必須送精神病院。

她又帶著聖嬰像匆匆趕到了精神病院，在一個小房間裡，她見到了羅蘭。這間房間的窗戶上全裝著鐵柵欄，鐵欄杆的投影像一道道黑色的手印按在她們的臉上。陽光時而暗淡時而強烈，來回地在羅蘭的臉上游走，偶爾停留在那雙無神的眼睛上。

羅蘭一見到聖嬰像就猛撲了上去，一把搶在了懷裡，緊緊地抱著躲到了房間的角落裡，被一片曖昧的陰影覆蓋著。羅蘭現在就像個小孩面無表情地抱住了自己的洋娃娃，恐懼地發著抖，白色睡袍皺巴巴的，睡袍下一雙潔白的腳丫像瓷器般光滑、精緻、小巧，像個手工藝品。

她緩緩地走了上去，用手撫摸著羅蘭的臉，還有下巴、鼻樑，就像個玩具似的，而這個玩具的懷裡還緊緊抱著個真正的玩具。

「你真的瘋了嗎？」

羅蘭的眼睛依舊無神地望著她，沈默像空氣般瀰漫在這個小小的房間裡，滲入了牆壁、地板、天花板，還有堅不可摧的鐵欄杆。忽然羅蘭伸出手抓緊了她，把嘴湊到了她的耳邊，用耳語說：「今天晚上，把我們的小樓的地下室打開，挖開地板，挖開，掘地三尺。一定要去，聽明白了嗎？」

「為什麼？」

羅蘭不回答，閉上了眼睛，一動不動地，彷彿是一具美麗冰涼的女屍。

她回到了小樓，在黃昏時分，這棟樓被籠罩上了一層金色。她再次走遍了整棟樓，總共三層，不包括最上層的閣樓。最外層的牆壁和裡面各個房間的牆壁和柱子似乎不相符合，也許裡面的房間是後來才造起來的，也許原來這裡本就是一個空曠的大堂。她在一個房間裡找到了一把鐵鏟，然後下到了地下室，地下室的門鎖著，但是那把大鎖已經鏽跡斑斑了，她用鏟子去砸那把鎖，一下就把鎖砸碎了。她推開了門，開著手電筒走下了黑暗中的石階。

到平地了，她用手電筒照了一圈，地下室其實很小，陰涼潮濕，讓她冷得發抖。腳下就是泥土了，她用力地揮動了鐵鏟。

她不知道自己從何而來的力量，她是一個連看見蟑螂都要害怕得掉眼淚的女孩，但她現在居然在這樣黑暗陰冷的地方無所顧忌地掘地，也許是腹中的生命賦予了她勇氣。時間像一隻老房子裡的耗子一樣溜來溜去，地下室裡堆滿了挖出來的泥土，但她決定無論如何都要挖下去，終於，鐵鏟碰到了一個硬物，發出了金屬的響聲。

她把身體探了下去，用力地抬出了一個黑色的箱子。她拖著沈甸甸的箱子爬上了石階，爬出地下室，回到了房間裡。在黃色的燈光下，她費了很大的勁才打開了箱子，她把手伸進了箱子摸到了一個東西，涼涼的金屬，沈沈的。她把它拿出來，一陣金色的光芒刺痛了她的眼睛——

一個嬰兒，銅鑄的嬰兒雕像，是聖嬰，和羅蘭的那個一模一樣。只不過這個聖嬰是殘缺的，在這個雕像上，她看不出嬰兒到底是男孩還是女孩。事實上，聖嬰的下身被砸壞了，缺了一大塊，露出了銅的底色。

她用一塊布小心地把滿是灰塵的雕像擦乾淨了，聖嬰露出了大大的眼睛，似乎能說話，沈重的身軀好像真的是剛出生的耶穌，只不過這個耶穌缺了一樣東西，而這樣東西是令所有的人敏感的。它疼嗎？它在哭嗎？她想如果自己是它的母親，她一定會哭的。像羅蘭一樣，她把聖嬰像緊緊地抱在懷裡，一會兒就沈入了夢鄉。

半夜，窗突然被一陣突如其來的風吹開了，寒風把蓆子上的她驚醒了，在暗夜深處，似乎有個人在叫著她的名字。她放下了聖嬰雕像，獨自走下了樓，又一次走進了地下室，這回沒有拿手電筒，踏著潮濕的泥土她什麼都看不清，她睜大著眼睛卻等於是個瞎子。

忽然，不知從哪裡亮起了光，地下室一下子大了許多，眼前突然多出了好幾根木柱子和橫樑，地上的泥土不見了，而變成了厚厚的乾草。在木欄杆中間，她見到了一匹馬，渾身雪白地站著，嘴上套著轡繩，大睜著圓圓的眼睛注視著她。從馬的嘴裡發出一種呼哧呼哧的聲音，馬把頭伸向了她，把沈重的喘息噴在了她的臉上。那種喘息帶給她前所未有的溫暖感，她忽然又冒出來一個古怪的念頭，她在馬的耳邊輕輕地說：「那個男人是你嗎？」

馬好像聽懂了，居然害羞地低下了頭，把頭倚在她的睡裙上摩擦著。突然一陣哭聲響起了，是嬰兒剛出生的哭聲，她吃驚地環顧這個突然變成了馬廄的地下室，最終在一個給馬餵草料用的馬槽裡發現了一個嬰兒。她手顫抖地抱起了嬰兒，嬰兒像小貓一樣，閉著眼睛，一雙小手在空中亂抓。她覺得自己的腹中空了，這個嬰兒就是自己的肚子裡的生命，她吻了孩子：「我可憐的孩子，別哭了。」

「把我的兒子放下。」一個女人的聲音突然從某個角落傳出，她看見一個女人突然從地上爬了起來，這女人有著高高的鼻樑和深邃的眼窩，不像是中國人，女人滿臉是汗，彷彿剛經歷了一場痛苦。女人衝上來從她的懷裡搶走了嬰兒，深情地吻著。

她不敢相信這一切，大聲問道：「妳是誰？」

「瑪利亞。」

瑪利亞？難道這個孩子是耶穌？她的胸口彷彿被重重地一擊，而自己腹中的那個生命卻狠狠地跳動了一下，那匹白馬抬起了頭，牠圓圓的眼睛裡湧出了大滴的眼淚。

「不！」她高分貝的尖叫聲響徹了整個小樓，甚至驚動了這個晚上的月光。她帶著滿頭的汗水和眼角的淚水醒來了，懷裡的聖嬰像還穩穩地抱著。

原來剛才只是一個夢。

「馬廄，馬廄。」驚醒後的她不斷重複著這兩個字，她現在終於開始隱約地明白，馬佐里尼剛來中國時為什麼要在馬廄上修建教堂——因為聖經新約全書上記載著耶穌是誕生於馬槽裡的。為了供奉聖嬰，所以，馬佐里尼選擇了這裡。

她的心頭亂跳著，下意識地抱著聖嬰像走到了窗邊，風吹亂了她的頭髮，把她的衣裙揚起，穿白衣的年輕女人抱著孩子站在黑夜的窗口，這是一幅具有奇特審美意味的油畫，所有的畫家都在夢中見過。

她坐著地鐵去那個小公園，拎著大箱子，穿過一條茂密樹林覆蓋的小徑，透過樹葉而稀疏的陽光此刻像雨點一樣落下。在小樹林的中心，她找到了那條長椅，她擦了擦上面的灰塵，輕輕地坐了下來。

清晨的小公園裡寂靜無人，鳥鳴突然之間盈滿了她的耳朵。她坐在長椅上，額頭發出乳白色的反光，沒有表情，雙眼的焦點在樹葉的縫隙間徘徊著。終於，那個搞雕塑的長頭髮男人出現了，今天他沒有戴墨鏡，還是背著個大包，低著頭撥開樹枝來到了她面前。男人非常驚訝，做了一個奇怪的表情。

她站了起來對他說：「你不是說你幾乎每個星期都要來這兒嗎？今天我的運氣很好，等到了你。我給你看樣東西。」說著，她從箱子裡拿出了聖嬰雕像，遞給了他。

他接過聖嬰像，上上下下仔細地端詳著，足足有十幾分鐘默不作聲。最後他把雕像放在唇邊輕輕地一吻。他的目光此刻就像老鷹一樣銳利，彷彿她就是他的獵物，他壓低了聲音問：「你從哪弄來的？」

「在地下室裡挖出來的。」她確實被男人嚇著了。

「告訴你，這是真品，真的，無論從雕刻手法，還是鑄造工藝都具有文藝復興時期的特點，天哪，與米開郎基羅的技法相似，可能真的是他的作品。我在義大利留學過，主攻雕塑史，曾經廢寢忘食地研究過聖嬰像的圖片和各種有關資料，雖然過去沒親眼見過實物，但我敢說我對它的瞭解不亞於它的作者。你看它的腳底——」他把聖嬰的左腳伸到她眼前。

「對，有一行隱隱約約的拉丁字母。」

「這是美第齊家族的族徽，說明這個曾經是佛羅倫斯統治者的大金融家族擁有過這聖嬰像，後來又捐給了教會。總而言之，這就是馬佐里尼帶到中國來的那尊聖嬰，而且它損毀的下身也的確與文獻記載的相同。馬佐里尼離開中國以後，被毀的聖嬰也不見了，人們以為是被他帶回義大利了，沒想到他把聖嬰留在了中國，太不可思議了，妳很幸運。」

「謝謝你，可是當年為什麼會有人要破壞聖嬰呢？」

「也許只有上帝知道，可能是宗教矛盾吧。」

「既然它是真的，那你就拿去吧，也許它對你有用。」

「不必了，我不是基督教徒，我只對藝術品感興趣，能親眼看到聖嬰的真跡，是我一生中最大的幸運，對我來說，這已經足夠了。這是你發現，怎麼處置由你決定吧，但最起碼要好好保存它，它的價值不是用金錢來衡量的。應該是我感謝你，拿好，再見了。」他再一次吻了吻聖嬰，然後小心翼翼地把聖嬰放到了她的手裡。

「那就，再見吧。」

她把聖嬰放進了箱子裡，剛轉過身要走，身後又傳來男人的聲音：「哎，還有一句話：其實妳真的很像他的媽媽。」

「你是說聖嬰？」她心神不安地回過頭來。

「對不起，沒什麼。對了，能不能把妳的地址留給我，有機會的話我想去看看發現聖嬰的地方。」長頭髮男人的目光中閃爍著一種曖昧不明的東西。

精神病院裡的氣氛總令人壓抑，雖然有時會看到滑稽的場面，有時又是狂亂不堪。她和一個臉上有著一道傷疤的醫生爭辯著：「羅蘭是我唯一的朋友，為什麼只能讓我們隔著鐵欄見面，她不是犯人。」

「看見我臉上的傷疤了嗎？昨天讓她的指甲給抓的。給她打針死活不肯，而且我還從沒見過她放下過那個洋娃娃，那是銅做的吧，那麼大的人了，還玩這種東西，那種銅鑄的傢伙砸起人來可是會出人命的。更要命的是，她還胡言亂語說什麼我們把她的孩子給偷走了，她的病可不輕啊。你去看她一定要小心，她可是六親不認的。」

見面的時候羅蘭正趴在鐵欄杆前，衣服被自己撕破了，旁若無人地裸露著雪白高聳的胸脯，還把聖嬰雕像放在上面，好像是在給小孩餵奶似的。

「羅蘭，你怎麼知道地下室裡藏著東西的。」

「藏著什麼東西？」羅蘭的口齒已經不清了。

「聖嬰啊，真正的聖嬰。不是複製品。」

「是誰讓你去找出來的。」

「不是你嗎？」

「我沒說過。」

「昨天，不是你讓我去把地下室的地板挖開來的嗎？」她有些著急了。

「你是誰？」

羅蘭的這句話令她意想不到，她一時居然無法回答了：「我是誰？我也不知道我是誰。」她感到了無助，她把手握著鐵欄杆，這樣她也有了被囚禁的感覺。一串眼淚緩緩地溢了出來，在蒼白的臉頰上滾動著。

羅蘭突然把手伸出來，用細細的指間幫她抹去了淚水，同時用一種奇怪的語氣說：「我知道你是誰，你是我的媽媽。」

「你真的瘋了。」她轉身就像外跑去了。

「不，我說的沒錯，我就是你未來的女兒，媽媽，你別走，媽媽！」精神病院裡充滿了羅蘭尖厲絕望的叫喊。這聲音在雪白的牆壁和天花板還有黑色的地板間來回飄蕩著，一下子好幾個精神病人都齊聲地高叫起來：「媽媽！媽媽！」

她總有一個預感，今天晚上那個長頭髮男人會來，恰巧她的窗下有一棵自生自滅的夜來香開花了，濃烈的香味像潮水一樣湧進了整個小樓。她還在昏黃的燈光下仔細地看著聖嬰，同時不自覺地揉了揉自己的小腹。

長頭髮男人終於來了，他說他已經看過地下室了，可以肯定這兒就是當年馬佐里尼的小教堂。然後他打開了背包，拿出了一樣東西。

又是一尊聖嬰像，但是與她所見過的前面兩尊最大的不同是，這個聖嬰是一個女孩，女聖嬰。

看著這尊聖嬰像的下身，她忽然有些不好意思了：「這怎麼可能？是個女嬰。」

「這是我花了整整一個下午自己做的，並不費力，只要對過去我複製的聖嬰的模子略加修改就行了。非常感謝你，是你今天早上給我看了缺損的聖嬰之後我才有了靈感的，過去我一直是在模仿，在複製，而現在，我可以說，我已經在創造了。」

「創造？」她還是不明白。

「為什麼聖嬰不可以是女孩呢？難道聖經上規定過聖嬰必須是上帝的兒子嗎？讓我們仔細地想想，難道上帝的女兒不也是聖嬰，不也是救世主基督嗎？所以，她是耶穌的妹妹。」

「也許你真的是個天才。」

「今天我一邊修改鑄造的模子，一邊苦思冥想著，是誰把聖嬰破壞了，而目的又是什麼？當我完成了我的聖嬰以後，我突然明白了什麼，一切的問題就都迎刃而解了。告訴你，破壞聖嬰的人就是馬佐里尼自己。」

「保羅・馬佐里尼？」她吃驚地張大了嘴。

「就是他，是他把聖嬰偷偷地帶到了中國，又是他利用聖嬰傳播被認為異端的宗教思想，最後還是他，親手毀壞了聖嬰。你想想，為什麼這件轟動一時的事件雖然懸賞千兩黃金，查了很長時間，卻始終沒有答案？因為作案者就是馬佐里尼自己，只有這樣才是唯一的解釋。」

「可聖嬰對他是有價值的，他為什麼要這樣做呢？」

「三十年代，馬佐里尼在羅馬受到天主教庭責難和攻擊時，他給當時的教皇寫過一封公開信，引起了軒然大波。他在信中說，上帝可以有耶穌這樣的兒子，而聖母瑪利亞卻是約瑟的妻子，那麼從倫理上來說，人類的救世主耶穌就是一個私生子，上帝曾經懲罰了偷食禁果的人類始祖亞當和夏娃，可上帝使貞潔的瑪利亞受孕的行為本身也是犯了與亞當和夏娃同樣的錯誤。」

「既然上帝有自己的私生子，那麼從邏輯上說，上帝在擁有至高無上的神性的同時也擁有人性，而且上帝又是無始無終的，在漫長的人類歷史裡，上帝可以不斷地讓類似瑪利亞的貞女受孕。」

「同樣是從邏輯上推理，因為上帝是萬能的，所以，上帝可以有兒子，也可以有女兒。既然如此，那麼女人也可以做救世主基督，甚至可以做羅馬教皇。」

「你怎麼知道的？」

「做完女聖嬰以後，我總想有證據能證明我的推理，所以我上網去了一家義大利的新宗教網站，在那兒，我搜索有關馬佐里尼的資訊，他的資料不多，網上只保存了他的這封公開信。就是因為他的這封信，羅馬教庭認定他已經無可救藥而將他開除教籍的。」

「因為馬佐里尼有這樣的思想，所以他甚至不惜犧牲自己，親手破壞了聖嬰，砸毀了聖嬰的下身，從而讓聖嬰的性別模糊，這樣就有了一個暗示——聖嬰不一定是男孩，也可以是女孩。他所做的一切全是為了實踐自己的宗教理想。」她終於明白了。

「對，千百年來，人類的宗教史上，能提出像他這樣的觀點的恐怕只有他一個了。雖然，聽起來駭人聽聞，侮辱了上帝和耶穌，還有聖母。可我仔細想了想，只有這種解釋才是最符合邏輯，符合人的本來面目的。還有，就是在宗教領域把女子提高到了和男子同樣的地位。他並沒有侮辱上帝，其實是讚頌了上帝的生命力。」

「上帝的生命力？」她在心裡忽然想到了另一種世俗的叫法——「上帝的繁殖

力」。

「我現在可以想像當年馬佐里尼在破壞聖嬰時的痛苦和矛盾心理，他無限地崇敬和熱愛著聖嬰，但他又有自己的宗教理論，只有最堅強的男子漢才有魄力為了他所堅持的信仰而毀滅自己的最愛，儘管我們無法確定他的這種新信仰是否合乎真理。」

「是真理。」她脫口而出。

接下來是沈默，她這才感到房間裡夜來香的氣味越來越濃了。

長頭髮男人忽然把銳利的目光柔和了下來，輕輕的說：「其實妳很美。」

她不說話。

「妳像極了聖母瑪利亞。」

她不說話。

「妳不信嗎?是的，東方人與西方人談不上相像，但是妳的眼神非常像，這是拉斐爾的油畫裡所要竭盡全力表現的眼神，他總是抱怨他的模特兒不夠神似，畫聖母的眼睛時他總是加入自己的幻想的成分。而妳的眼睛，則是天生適合於給拉斐爾做模特兒的，如果妳活在十六世紀初的義大利，拉斐爾也許會愛上妳的。」

她還是不說話。

他知道她在等待著什麼，於是他吻了她。

長頭髮的男人有著剛強的嘴唇，她第一次見到他時就開始注意他的嘴唇了，剛強的嘴唇充滿了溫暖還有力量。他長長的頭髮披散著，和她的頭髮糾纏在一起，讓她難以分辨。

當他有了些欲望的時候，她卻突然開口了：「再問你一遍，我們過去認識嗎？我是說在小公園見面之前。」

「我不知道這對妳意味著什麼，但我不能說謊，我們之間只見過三次面，前兩次在小公園裡，第三次就是現在。在這三次之前，我從沒見過妳，真遺憾。」

「你的記憶還完好吧。」

「當然，我的記憶比常人還要好。」

「那好，你不是那個男人。」

「哪個男人？」

「我肚子裡的孩子的父親。」

他吃驚地後退了一步，仔細地看了看她，然後說：「對不起。我失禮了。」說完他轉身要走。

「把你的女聖嬰拿回去吧。」

「送給你了，留個紀念，還是那句話，我是無神論者。」轉眼間，他的腳步聲消失在夜來香瀰漫的夜色裡。

三十六歲的保羅・馬佐里尼獨自坐在第一排的長椅上，聖壇上有耶穌的彩塑還有聖母瑪利亞，但是在最神聖的地方，供奉的是聖嬰的雕像。小教堂不大，大堂大約有三層樓這麼高，偏門下面有個地下室。教堂外，夜已深了，就連煽情的月亮也退去了。教堂裡點著幾支搖曳不定的白蠟燭，把他的身影拉得很長很長。

他的眼神是如此的煩躁不安，緊緊地盯著聖嬰，額頭上卻滿是大汗，在他坐著的長椅上的另一頭，躺著一個滿臉通紅的中國女孩。女孩沒有穿衣服，紅潤的身體暴露在燭光中，激烈地喘息著，好久才慢慢地平靜了下來。馬佐里尼穿著黑色的教士服站了起來，一言不發地走出了教堂。只留下光著身體的女孩繼續躺在耶穌的面前，而女孩身下一灘殷紅的血正閃閃發光。

馬佐里尼在黑暗的街道上走著，半夜的街上只能偶爾見到幾個更夫。月亮始終沒有出來，他在漆黑中憑記憶摸索著，到了一扇大門前，有節奏地用手指的關節敲著門。敲了好久，一個胸前掛著十字架、一身教士服的中國老人端著蠟燭給他開了門。

馬佐里尼跪在他面前用中國話說：「王神父，對不起，我現在能不能做懺悔。」

她第一次來到這座巨大的教堂，哥德式的尖頂和充滿裝飾的門，還有大堂裡虔誠的信徒們，窗戶上裝的都是彩色玻璃，於是一切都被彩色的光線籠罩著，像一場夢。她找到了一位神父，把真正的聖嬰交給了他。

自然，神父非常驚訝，然後一位主教接待了她，並要她填一個表，以便能夠給她一筆獎金。她沒有填住址，只寫了一個假名——瑪利亞。接著她趁著年邁的主教不注意，偷偷地躲進了一個小房間，小房間裡還有一個小格子窗，看不清裡面。忽然裡面傳出了聲音：「孩子，你是來懺悔的嗎？」

「懺悔？」

「每個人都需要懺悔，因為人先天就是有罪的。」

「原罪。」

「孩子，你說的對，你很虔誠。」

「神父，我肚子裡有了孩子。」

「你結婚了嗎？」

「沒有，我還沒到年齡呢。」

「可憐的孩子，願上帝饒恕你。」

「可我是貞潔的，像瑪利亞那樣貞潔。」

「孩子，你不要開這樣的玩笑，這是一種褻瀆。」

「我說的是事實，我以我的生命的發誓，我是貞潔的，我的身體只能獻給一個人——

——上帝。」

「上帝是神。」

「上帝同時也是人。」

「孩子，妳不是基督徒，願主饒恕妳。」

「只有上帝才能使貞女懷孕，我的肚子裡懷著又一個耶穌，或者說是耶穌的弟弟。我是新的聖母。無論如何痛苦，我也要把這個孩子生下來，好好地照顧他，把他養大成人，我的孩子會改變世界的。」

「願主饒恕妳。」

走出教堂，已是黃昏了，在教堂的門口，坐著一個衣衫襤褸的中年女人，以一種特殊的眼神看著她。她們對視著，直到她感到渾身發冷，匆匆地離去了。

一九〇六年的冬天，我們這座城市下起了一場罕見的大雪，一座小教堂的後門打開了，一個義大利人抱著一個剛出生的嬰兒匆匆地走了出來，在門裡面，有一張床，一個美麗的中國女孩倒臥著，床單上全是血，這個女孩已經因為難產而死了。

義大利人用小被子把嬰兒緊緊地包裹著，嬰兒在風雪中不斷地啼哭著，使義大利人來回地搖晃。他有著一雙濃黑的眉毛和明亮的眼睛，卻低著頭不敢被別人看到自己的臉。雪越下越大了，他在雪地上踏出兩行長長的腳印，遠看就像是兩排大大的眼睛朝著天空瞪著。

他來到了一片荒涼的野外，有幾個十字架的墓碑。他看了看嬰兒的臉，那是一張混血兒漂亮的臉蛋，孩子突然不哭了，露出了奇怪的微笑。義大利人彎下身子，吻了吻嬰兒的額頭，然後把嬰兒放在了一個墓碑前。接著他向前走了幾十步，躲到了一個中國人的高大墳墓背後，遠遠地觀察著。被子包裹著嬰兒，在地上被雪打濕了，嬰兒使勁地哭著，那聲音讓人揪心。

忽然一對農民夫婦出現在雪地中，他們都是信教的，他們看見了地上的嬰兒，吃了一驚，心疼地抱了起來。他們把嬰兒的父母罵了幾句，然後便把嬰兒抱走了。

一隻冬天的麻雀停在了一動不動的義大利人身上，抖動著翅膀上的雪。

半年以後。

還是在那棟小樓裡，她的呻吟像金屬扭曲的聲音一樣尖銳高昂，充滿了一種母性的力量。她一個人躺在房間裡，兩眼看著天花板。那種巨大的痛苦從自己身體的深處源源不斷地襲來，她感覺自己是在戰鬥，與痛楚戰鬥，而且是孤軍奮戰。她在自己的嘴裡放了一塊毛巾，但她依然感到牙齒快被自己咬碎了。她把頭扭了過來，看到了地上躺著的女聖嬰像，那是一個男人送給她的，這個銅鑄的女嬰在像她微笑著。於是她感到了一種力量，來自於自己的體外，不斷地輸入她的肉體和靈魂。雖然現在自己有了被撕成兩半一分為二的感覺，但她卻在巨大的痛苦中隱隱約約地嗅到了幸福的味道。

衝，前進，衝吧，小基督，救世主，耶穌，快出來吧，別讓你的媽媽痛苦了。這裡就是馬廄，就是你命中注定的出生地。來吧，世界需要你。來。

你的媽媽痛苦地叫喚著，她的毛巾被咬碎了，她的戰鬥已經竭盡全力了。

出來啊。聖嬰。

你出來了，出來了，頭，身體，手，腳，幹得好，救世主，幹得漂亮，小基督。你完全出來了，你勝利了，你戰勝了全世界。響亮地哭吧，你歡呼吧，慶祝勝利。

看，你的媽媽昏過去了。

她醒來的時候，清晨的陽光再次像箭一樣射了進來。一點力氣都沒有，好像身體不是自己的了，腦子裡一片空白，過了很久，她才想起來什麼。

「我剛才把孩子生下來了，在昏迷前，我清楚地聽到了嬰兒的哭聲。我的孩子。」她在心裡自言自語著，然後她吃力地支起了身體，在房間裡張望著。

沒有看到孩子。

只有女聖嬰的雕像張開著雙手看著她。

她絕望了。

神聖的陽光突然又像地毯一樣鋪滿了整個房間，灑在她的額頭和脖頸，她靠牆坐著，披頭散髮，臉上的血色更少了，似乎變成了一個玻璃人。她的嘴唇囁動著：「我的孩子不見了。基督失蹤了。」

當她的身體剛剛復原了一點以後，就去精神病院看羅蘭。但精神病院告訴她根本就沒有羅蘭這個人。

「這不可能，羅蘭已經在精神病院裡住了半年了，就是那個整天懷裡抱著個嬰兒雕像的女孩，她的病很嚴重，你們不會不知道的。」

「真的沒有，我們院從來沒有這樣的病人。」

「醫生，你的臉上不是被羅蘭用指甲抓破過嗎？看，傷疤還在呢。」

「這是我在家裡被老婆抓的，我看有精神病的人是你。」

羅蘭像個彩色泡沫一樣無影無蹤地消失在了這座城市的空氣中，她無奈地離開了精神病院。

她回到了父母身邊，被媽媽緊緊地抱了起來。她像是剛從惡夢中醒來，回到家，就連續不停地睡了兩天兩夜。醒來後，把自己的經歷原原本本地說給了父母聽。

「你住的真的是那棟小樓嗎？」母親問。

「沒錯。」

「孩子，二十年前的一個冬天的清晨，我和你爸爸路過了那棟樓，在樓前的臺階上，我們發現了一個襁褓中的女嬰，我們把她撿了回來，養大成人——」

「別說了！」她打斷了母親的話，「那個女嬰就是我，對不對？我也是出生在那棟樓裡的？」

「是的，我們不知道你的父母是誰，可我們是愛你的。」

「我知道，不管怎麼樣，你們永遠是我的爸爸媽媽。可我的孩子呢？二十年前，在那棟小樓前，你們把我撿去了，可現在在那個地方，是誰把我的孩子撿去了呢？」

大教堂的尖頂依然莊嚴美麗，似乎永無止盡地伸向天堂。教堂前的信徒們小心翼翼地進進出出，各自懷著一顆虔誠的心。

在教堂前高高的階梯上，那個披頭散髮的中年女人還在那兒坐著，她逢人就說：「我的孩子丟了，我真的生下了我的孩子，但他（她）不見了，失蹤了。我的孩子是耶穌，是基督，是救世主，是上帝的兒子，而我是聖母瑪利亞，我是上帝選中的貞女。先生，我的孩子丟了，你見過他（她）嗎？」

她在一邊遠遠地看著中年女人，聽到旁邊有幾個人在說：「這個女人太可憐了，二十年前就來了，不知是哪兒的人，說自己的孩子丟了，自己是聖母，瘋得可不輕啊。當年她剛來的時候啊，還是個如花的少女，不少人打她的主意，看看現在，願上帝饒恕她。」

「媽媽。」她走上去對中年女人說。

女人的眼神空洞無物，對她視若無睹，繼續在喋喋不休地說著她重複了許多年的話。她看著女人，睫毛顫抖了幾下，她離開了，不再打攪這個中年女人的生活了。

晚上十點多，她坐上了地鐵，在這座城市的兩個角之間穿梭著，空空蕩蕩的車廂裡瀰漫著一種她所熟悉的氣息，燈光曖昧不清，車窗外一片漆黑，她在車窗上照著自己的臉，她覺得自己生過孩子後變得豐滿了，胸脯也更飽滿了，更像一個成熟女人。她用手擠了擠胸口，覺得有些濕潤，那是乳汁。

忽然她有了一種停下來的感覺，於是列車真的停了下來，她下了車，迎面的空無一人的站臺上坐著一個女孩。這個陌生的女孩有著憂鬱的臉，蒼白的皮膚，穿著短裙和拖鞋，懶懶地閉著眼睛似乎在享受著什麼。忽然女孩睜開了眼睛，和她對視著。她發現這女孩的眼睛和自己的簡直無法區別。

眼前這個同齡的女孩突然開口說道：「我在尋找那個男人。」

她總覺得這句話有些熟悉，但卻想不起來了，於是她對女孩說：「我在尋找我的孩子。」

另一個方向的列車隆隆地駛來了，這是最後一班了，她走進了車門，女孩也進來了。她們坐在了一起，車廂進入了黑暗的隧道，像是在坐船。

「你說你在找你的孩子？」陌生的女孩問她。

「是的，我的孩子失蹤了，可我的確生下了他（她）。」

「你到結婚年齡了嗎？」

「沒有。」

「那你和我一樣。」

「你也丟了孩子嗎？」

「不，我的孩子還好好的，還在我的肚子裡。我在尋找那個男人。」

在偶爾有人打起呼嚕的最後一班地鐵裡，她們在輕聲地交談著，她總覺得這些話在哪說過，但她現在卻記不起來了。

列車駛向了終點站，終點站的附近有一棟小樓，小樓的下面曾經是一個馬廄，馬廄裡有一匹馬還有一個剛出生的嬰兒。

馬佐里尼尖銳的目光正注視著她們。

蘇州河

現在是午後，我能感到自己的額頭和髮際上所流淌著的陽光的溫度，這些陽光悄悄地闖進我的房間，進入我的體內。我輕輕呼出了一口氣，終於睜開了眼睛，我不知道為什麼自己正躺在床上，一絲陽光正撞開我的眼瞼，在我的瞳孔裡閃爍著。

我在哪兒？

我看著高高的天花板和藍白色的牆壁，在我的牆壁的一面有一個陽臺，陽光就透過陽臺內側的玻璃窗灑了進來。陽光帶來了一股慵懶的氣氛，這氣氛纏繞著我，讓人昏昏欲睡。我終於站了起來，在這間我看來有些陌生的房間裡來回地踱著步，一面落地鏡子裡，我能看到一張自嘲的臉。看著鏡子裡的自己走來走去，我忽然有些恍惚，直到我發現了寫字臺上的那張紙條。

是的，就是那張紙條，陽光灑在寫字臺上，紙條上就有了些反光。這反光略微有些刺眼，我伏下身體靠近了寫字臺，這是一張特製的信紙，看上去像朵雲軒的紙箋，然而終究又不是，我輕輕地拿起那張紙，還是在陽光底下，光滑如絲的紙面反射著陽光，漸漸靠近了我的眼睛。一片白色的反光之下，一切都模模糊糊的，我的眼睛花了很長的時間才慢慢地適應過來，逐漸看清了紙片上寫的那些字——

我的C：

昨天下午收到你的信，實在對不起，一開始我有些莫名其妙。我原本是不想理會這種信的，但我似乎對你有些隱隱約約的印象。昨天晚上我很無聊，幾乎一夜無所事事，當我臨著窗眺望著明媚月光的時候，我才突然想起了你的樣子。對，那就是你，每天清晨緩緩地從我樓下走過，有時候偶爾與我打個照面，但你卻一句話也不說。你也許不信，我還記得你憂鬱的眼睛，不過，但願我沒有記錯你的名字。

我的C，說來你也許不信，剛才我閑來無聊，莫名其妙地找出一張上海的地圖看了看，此刻我覺得難以理解：為什麼來自世界各地的人們匯聚在這裡，建造起這麼大的一座城市，而我卻只需要一個房間。不，不要到我的家裡來找我，你知道，在這座城市的中心還有一條河流穿過，在這條河上有許多座橋。我喜歡橋，我相信你也喜歡，那麼，今天下午六點，我在你每天早上都要走過的那座橋上等你。

你的Z於XX年十二月十六日晨

很明顯，這是一封女人寫給我的信。這是我第一次看到她的字跡，似乎和我想像的差不多。我拿著這張紙，還能嗅出從紙張上傳出的淡淡的香味，也許她的房間或者是她的身上用了某種特殊的薰香。我的鼻子有些貪婪地猛吸了一口氣，那味道立刻充滿了我的胸腔。這張紙箋是從哪兒來的？剛剛莫名其妙地睡著了的我有些糊塗，我想了好一會兒，才隱約地記起今天上午好像有一個小孩來給我送過一張紙條。而那個小孩長什麼樣子？是從哪兒來的？我說什麼也記不清了，就好像從來就沒有發生過一樣，只有這張信紙和紙中的文字在我的手中。

「Z」，她自稱「Z」，在字母表裡這是最後一個字母，也許有某種特殊的涵義？

不過，我知道這純屬巧合，就像她稱我為「C」。不過，現在還有一個問題，我給她寫過信嗎？也許寫過，也許沒寫過，我不敢肯定，是寫給她的嗎？有可能是她，也有可能不是她，我也不敢肯定。不過，現在我能肯定的是，我應該，或者說是必須要到橋上去走一走，在這封信上所約定好了的時間，十六日，也就是今天下午六點，這是一個曖昧的時間，充滿著無限的可能性。

我打開了陽臺的玻璃門，趴在了欄杆上。我的陽臺突出在這棟大樓的牆壁上，看上去就像是城牆的防禦馬面，欄杆是鐵的，在轉角的地方還有圓形的花紋。說實話，我喜歡我的陽臺，我總是坐在陽臺上看書，四周的風，會輕輕掠過我的額頭和書頁，還有慵懶的陽光。我所在這棟六層的大樓有著黑色的外牆和歐陸式的裝飾，現在，我就在三樓的陽臺上眺望著馬路的對面，這條南北向的馬路很窄，我幾乎能透過對面那棟大樓的玻璃窗清楚地看到那家公司裡所有的一切。然後我的視線對準了東北方向的那些建築物，在那些歐洲人建造的各式各樣的大樓裡，有一個個或緊閉或敞開著的窗戶，其中有一個，就是「Z」的窗戶。但是，我現在看不見她，我只能把目光越過那些建築，最後所見到的是，外灘的屁股。我之所以稱這些高大的樓房為外灘的屁股，因為我是從這些建築的背面注視它們，但這種視角對我來說是習以為常了。

我離開了陽臺，在我狹小的臥室的左邊還有一個小房間，我走進了那小房間，這是我的衛生間。我是個身無長物的人，除了我的衛生間，因為我擁有一個使許多人羨慕的潔白的鋼皮大浴缸。我在衛生間裡刷了刷牙，洗了洗臉，匆匆地刮了刮鬍子。然後，換上一身嶄新的衣服離開了我的房間。

我的公寓大樓裡有一台嗡嗡作響的電梯，我走進了電梯，拉上了折疊門，然後，一陣機械傳動的聲音，一根鐵鏈條在我的頭頂緩緩地拉動著，帶著我往下降去，透過折疊拉門，我看到三樓的地板在緩緩上升，二樓的公共走廊出現在我的眼前，直到底樓的大堂。我又費勁地自己把折疊門拉開，底樓很髒很亂，我快步地穿過大堂來到了馬路上。

陽光好不容易才穿過周圍樓房，被擠成了幾條線射在馬路上，從我的臉上劃過。

我猛吸了一口空氣，覺得這兩邊的高樓中間夾著一條狹窄的馬路，怎麼看都像是一條深深的山谷。我很快就走到了十字路口，這裡的道路非常密集，看著頭頂兩邊各種風格的建築，我覺得自己走進了一個巨大的迷宮。這是一個恰當的比喻，這座城市其實就是一座大迷宮，周邊的道路比較稀疏而寬敞，但越到中心，比如這裡，就越密集、越狹窄、越曲折，誰也無法一眼就看到頭，不斷的岔路，不斷地碰壁，或者，在這些道路中間重複地繞著圈。據說有的人一旦走進這裡，就永遠都無法再走出去了。比如，現在從我身邊走過的這個歐洲人，他的臉色蒼白，雖然是高高的個子，但卻瘦極了，一副弱不禁風的樣子。我已經見過他無數次了，他一言不發地走著，而且永遠是這個方向，有時候在傍晚，有時候在清晨，沒人知道他的目的地在哪裡，或者說，他的目的地就是要找到自己的目的地。可他找不到，永遠也找不到，他迷路了，他不斷地重複著走過這條道路，年復一年，日復一日，他已經成為了這座巨大的迷宮的奴隸了。

其實，有時候我也是。

與那個可憐的歐洲人擦肩而過之後，我忽然問自己：我這是要去哪兒？於是，我又一次在心裡默讀了一遍「Z」給我的信——橋，我記得那座橋，每天早上，我都要從那座橋上走過。那座橋的上方有著高大的鋼鐵支架，橋面則鋪著水泥和瀝青，遠看就像是在河面上豎起一張鐵網。我的眼前彷彿已經出現了那座橋的樣子，它就橫亙於我面前，而我腳下的馬路，已經成為了一條渾濁的河流。

我穿過了好幾條橫馬路，周圍的建築物都是黑灰色的，從四面八方包圍著我。在一棟大廈的大門口，我見到了一個印度人（也許是錫克人），他膚色黝黑，留著大鬍子，包裹著紅色的頭巾，威嚴地看守著大門，這就是他的職業。再往前走了幾步，我忽然聽到了幾下洪亮悠揚的鐘聲，那是從海關大樓的樓頂傳來的鐘聲，我總是在清晨被這鐘聲吵醒，但我喜歡這鐘聲，因為鐘聲裡含著一股水蒸汽的味道，就像是清晨在江邊瀰漫的大霧。我不能再往前走了，我緩緩走過了狹窄的馬路，在兩棟黑色的大樓中間，我走進了一條小小的弄堂。其實我從來沒有走進過這裡，只感覺到這裡也許是條近路。我沒有想到，在兩邊高大的建築物底下還居住著這麼多人，他們穿著陳舊的衣服做著各自的事情，比如刷馬桶、哄小孩撒尿、打麻將，但卻對我的闖入不以為然。

兩邊的大樓實在太高了，以至於這裡終年都不見天日，我抬起頭看著天空，只剩下一條狹小的縫隙了，一片耀眼的白光不動聲色地跌落下來。越往前走，越是狹窄，最後只能容納一個人通過。忽然光線完全暗淡了下來，現在我的頭頂是過街樓，我就像是穿行在地道中一樣，這狹小的通道使我感到我正在別人家的房間裡走動著，而別人家的某些事情正在離我頭頂不到幾十釐米處發生著。一陣細小的尖叫聲傳來，一伙孩子從我的身邊擠過，這讓我只能側著身體貼在人家的牆面上，聽著他們的嬉鬧聲遠去。

我看著前方，只見到一點白色的光，似乎已經凝固了。

我終於走出了過街樓，攔在我面前的又是一條狹窄的馬路，不過，馬路的對面就是蘇州河的河堤了。我有些貪婪地呼吸著空氣，陽光忽然又無比燦爛起來。我想，在去那座橋之前，應該先看看橋下的河。我過了馬路，看見一個老太太正坐在一張小板凳上曬著太陽，老太太滿臉的皺紋，表情卻很安逸，似乎是沈浸在這河邊陽光的沐浴之下，我的腦子裡忽然掠過一個奇怪的念頭：這大概就是那位「Z」在幾十年以後的樣子吧。

我走上了河堤，趴在水泥欄杆邊上，看著那條渾濁的河水。陽光在寬闊的水面上鍍著一層耀眼的金色，掩蓋了這條河流本該有的色澤。河水自西向東流去，水流非常地平緩，河面上平靜地出奇，只有一些細小的波瀾在輕輕蕩漾著金色的陽光。陽光被水面反射著，就像是無數面被打碎了的鏡子拼湊在一塊兒，那些被剪碎了的金色反光，像一把把玻璃碎片飛向了我的眼睛。這就是靜靜的蘇州河，忽然，我有些奇怪，那些川流不息的木船與鐵船，獨自航行的小汽輪和像火車車廂那樣排成一列列緩緩拖行的駁船都到哪裡去了？是順流而下進入了黃浦江，還是逆流而上棲息在市郊那充滿泥土芳香的田野的河邊？失去了航船的蘇州河是孤獨的，我確信。

河水漲潮的時候到了。不知是從黃浦江倒灌進來的水，還是從北岸各條支流的來水，或者純粹是月球引力的作用，我發現河水正在緩緩地上漲著。也許這河床已經被常年累月堆積的泥沙和垃圾墊高了許多，總之，河水上漲的幅度令我有些吃驚，因為現在應該是枯水季節。我看到對岸河堤上的水線正節節攀高，浸濕了原本一直乾燥的那些地方，然而，河水還是沒有停止上漲的跡象，漸漸地，水面的高度已經超過了堤外的馬路路面了，而水面上不斷閃爍著的金色陽光也在一同上升。我忽然有一種直覺：這條河堤將失去作用了。果然，僅僅過了幾分鐘，河水已經上漲到了距離水泥欄杆只有幾十釐米的地方了，我忽然發覺自己只要把手向下這麼一探，就能輕而易舉地在蘇州河那渾濁的河水中洗手了。眼前的這條河看上去就像是我家裡的那只大浴缸，已經放滿了水，只等我下去洗澡，現在正是伸手試一試水溫的時候。

我不想在蘇州河裡洗澡。

我迅速地離開了欄杆，跳下了河堤，而那個曬太陽的老太太已經不見了蹤影，也許那老太太有某種特殊的預感。我穿過馬路，不想再進入那條陰暗無比的過街樓下的「地道」。我向馬路的另一端跑去，忽然，我的身後傳來某種聲音，就像是我在自己的浴缸裡放滿了水，然後坐進去，水就從浴缸的邊緣緩緩地溢出的聲音。我回過頭去，發現蘇州河的河水已經爬上了河堤的最高處，然後那些河水就沿著水泥欄杆緩緩地流下來，浸濕了地面。不，更像是瀑布，長長的欄杆上掛著一長串的黑色或是由於陽光作用而呈現金色的瀑布，這些河水全都漫過了河堤，流向被河堤所保護的馬路中。現在，乾燥的馬路上，蘇州河水正在肆意地流淌著。我得快點走，我迅速地走到了一個路口，然後向南跑去，沒跑幾步，我還是回過頭張望了一下，我發現那些河水就像是一個大浴缸放滿了水忽然被人倒翻了一樣，全都傾瀉在了地面上了。

河水在以它們自己的方式奔跑著，它們柔和，但卻不乏力度，它們冷靜，但卻不乏激情。現在，我看到的就是激情四溢的蘇州河，它充滿著擴張性，在河堤之外的馬路上橫衝直撞。我說過，這是一個迷宮般的城市，所以，河邊的小馬路連接著無數個岔路口，河水與人的不同之處在於：一個人一次只能走進一條道路，而洶湧的河水則可以闖進無數條道路，迷宮意味著無數的可能性，所以，只有河水才能最終走出迷宮。

在沿河的馬路上奔流的河水已經有齊膝高了，當河水的前鋒遇到岔路口的時候，就立刻分兵疾進，向這座城市的更深處流淌而去，這是水的特性。當我拐進了一條南北向的小馬路的時候，我發覺蘇州河的河水正在我的身後追逐著我，也許因為我是河水上漲的目擊證人。我不想被河水俘虜，我向遠離蘇州河的方向跑去，但是，身後洶湧的河水卻一步不離的緊緊追趕著我。我的速度永遠都及不上水，我終於被水趕上了，我的鞋子濕了，還有襪子、褲腳管，這裡沒有陽光，我終於看清了蘇州河水的本來面目，被這骯髒的河水弄濕的可是我新買的褲子啊。我慌亂地看了看我的前後左右，幾乎所有的馬路上都已經被河水所佔據了，而這裡的水面已經接近了我的小腿。這冰冷的蘇州河水讓我一陣寒戰，我渾身冰涼，現在迫切地需要回家，回到我舒適的家裡，最好再在我的大浴缸裡洗一個令人羨慕的熱水澡。

我向我家的方向跑去，兩邊依舊是高大的黑色建築物，中間是一條狹窄的小馬路，我說過這裡像一條山谷，現在則是一條渾濁的河谷。我穿過一道又一道的十字路口，每一道十字路口，都成了一個小小的河港，河水在這裡匯聚，又向四面八方流去。河水已經漫過了我的大腿了，再用不了多久就要到我的腰間，我可不想在大街上游泳。

忽然，我看到了那個印度看門人，他依舊忠於職守的站在那棟大樓的門前，像一尊雕塑。他的下半身全都浸泡在渾濁的水裡，而上半身卻彷彿依舊停留在印度西部乾旱的沙漠中一般。我原本想和他打招呼帶著他一塊兒逃離這裡，但這恐怕是自討沒趣，除了他的主人，誰都無法讓他挪動半步。我只能丟下了他，向我的家裡跑去。

當河水已經漲到我的胸口的時候，我終於跑進（或者說是遊進）了我家所在的大樓的大堂，電梯肯定不能再用了，我跑上了樓梯。我一口氣跑上了三樓，徹底擺脫了蘇州河的河水。我拖著濕透了的身軀走進了我的房間，我脫下了全部衣服，以免那骯髒的河把我的家裡弄髒，然後，我立刻鑽進了衛生間。我說過我有一個令人羨慕的大浴缸，現在我在浴缸裡放滿了熱水，然後我鑽進了熱氣騰騰的浴缸中。當我在蘇州河水中被浸泡了很長時間，渾身凍得顫抖不止之後，鑽進浴缸裡洗一個熱水澡是我唯一的選擇。

我的衛生間很快就被水蒸汽所籠罩了，我全身浸泡在熱水裡，只露出頭部，我閉起了眼睛享受著，似乎已經忘了剛才所發生的事情。我想我應該做一個夢的，可我終究還是沒有睡著，在半夢半醒之間，我忽然想起了一個人：Z。

我怎麼能把她給忘了呢？「Z」和我約好六點鐘在橋上見面的，我可不能遲到。

可是，現在出了意外，蘇州河水封住了所有的道路，我不可能遊泳去赴約（當然她更不可能）。不過，我想這是不需要我來解釋的。也許我還得再給她打一個電話，重新約一個時間，可我並不知道她的電話號碼，但這並不重要。

正當我還在我的浴缸裡，沈浸在遐想中時，一陣冷風忽然吹到了我的後背上，衛生間的門開了。我坐在浴缸裡向我的房間裡看了一眼。不可思議，我的房間裡全是水，渾濁的水，是我的浴缸裡的水嗎？不，瞬間之後我才明白：這是來自蘇州河裡的水。

顯然，河水上漲之快已經超過了我的預料，居然漫上了三樓。坐在浴缸裡的我顯得手足無措，現在河水甚至已經蔓延到了我的浴缸邊緣。面對這種局面，光著身子的我已經無能為力了。我擰開了浴缸的排水孔，一缸的熱水全都排了出去，然後我又立刻用塞子擰緊了排水孔，因為我已經預見到了某種局面。我的鋼皮浴缸底下並沒有用水泥封牢，只是連接著一根排水管。不一會兒，我發現我的浴缸漸漸地漂浮起來，我的衛生間裡已經充滿了渾濁的河水，這些河水的浮力居然托起了我的浴缸。現在我的浴缸裡一滴水也沒有，只剩下光著身子的我孤獨地坐著，看著越漲越高的河水聽天由命。在衛生間裡漂浮著的大浴缸帶著我飄到了臥室裡，我的房間裡全是河水，一些木頭的家具也隨著水漂浮了起來。我看到牆上還掛著一件厚厚的棉大衣沒有被浸到水，我立刻伸手把那件大衣拿了下來，然後嚴嚴實實地裹在自己的身上禦寒。裹著棉大衣的我看了看窗外，水平面已經和我的窗臺一樣高了，對面大樓的房間裡同樣也都是水，從這裡看過去就像是置身於江南水鄉。此刻我的大浴缸就像是一艘無動力救生艇，載著我漂出了我的房間，來到了陽臺上，不過我已經看不到我的陽臺了，因為水太渾濁了，我的鐵欄杆全都浸泡在水面以下，什麼都看不到。浴缸繼續向前漂去，我忽然發現，若是在幾個小時以前，我所在的位置正好是懸在半空中。而此刻三層樓以下的馬路已經成了為水底的河床，我猜大概已經開始長水草了，而在兩座大樓之間則有著一條深深的河流。

無奈的我躺在我的大浴缸裡，我弄不清自己究竟是在水面上漂著，還是在半空中飛著，只是用力地抓緊我的棉大衣的衣領，把我的全身包裹起來，以免寒冷的風鑽進我光著的身體。浴缸帶著我順流而下，兩岸依然是黑色的大廈，一個個都巋然不動。

以前我所熟悉的道路全都成為了河流，而且一樣密集複雜，這些河流也像是迷宮一般，不斷地分岔，不斷地碰壁。我想我現在最好能找到一隻船槳，這樣我就能像划船一樣劃著浴缸，控制住方向了。雖然我過去一直嚮往能夠獨自泛舟於江南水鄉那密如蛛網的水道裡，聽著採菱女的歌聲，闖入江南的薄霧之中。可是，我並不希望自己像現在這樣僅僅只裹著一件棉大衣，坐在一個鋼皮浴缸裡航行。可是，我對這一切都無能為力，我瑟瑟發抖地看著周圍的一切，看著這座浸泡在三層樓高的大水裡的城市。我忽然想起了那個印度看門人，不，也許是錫克人，他現在大概依舊在水底的大門口看著大門吧。我忽然有些莫名其妙地羨慕起他了。

我忽然發現一個人向我的浴缸遊過來，原來是那個歐洲人，我說過，他在這裡迷路了，永遠都在不斷地重複著，繞著一個又一個的圈，從起點到終點，再從終點到起點。現在他依然在尋找著自己的目的地，只是無法再走了，只能游泳，而且他的泳姿看起來還不錯。他又一次從我的浴缸邊擦肩而過，像往常一樣，我和他一言不發，不過我覺得這次我比他更為尷尬。

我的浴缸繼續漂浮著，我忽然感到自己現在就像重新躺在了搖籃裡，在水的懷抱裡，搖啊搖，搖啊搖，你們要帶我到哪裡去？

我再也看不清這座城市了，迷宮般的道路，不，現在應該說是河流，不斷地交錯著，又不斷地重複著，眼前不斷有大廈的牆壁從我的浴缸邊擦過。這一切就像是亞馬遜河深處的熱帶雨林裡的河道，唯一不同的是，陽光已經不見了，十二月的寒風正蕭瑟地掠過。浴缸裡的我終於有些睏了，我又裹緊了一下大衣，緩緩地閉起了眼睛……

不知道過了多久，當我再次把眼睛睜開的時候，我記得自己好像已經漂過了一片茫茫的大海，腦子裡模模糊糊的，就像是一團霧。

我張望著四周，發覺兩邊不再有高高的大樓，看到的卻是兩道長長的河堤，我這是在哪兒？

答案是蘇州河。

是的，我正在蘇州河上，確切地說，是我的大浴缸正載著我漂在蘇州河上。泛濫的河水早就無影無蹤了，只剩下被兩道河堤老老實實地關在河道裡的蘇州河，枯水季節的蘇州河水平面很低，離河堤的頂部至少有三四米的距離，在靠近河岸的部分地方甚至還能見到露出水面的河床上的沙礫。原來，大水已經退了，來也匆匆，去也匆匆，這可笑的洪水只泛濫了兩三個小時，一下子漲到了三層樓高，現在又一下子退回到了枯水的原樣。而我和我的浴缸，則從被大水淹沒的街道上漂到了蘇州河的河道上。

但遺憾的是，當大水匆匆退去以後，卻把我，和我的浴缸留在了蘇州河裡緩緩地漂浮著。我現在多麼渴望能夠有一艘駁船從我的身邊緩緩開過，我會渴求操著蘇北口音的船老大給我一根竹竿拉我上去，或是給我一口熱開水喝。然而，四周什麼船都沒有，也許全都給大水沖跑了，直剩下我的浴缸。

天色已經晚了，這座繁華的城市就像什麼都沒有發生過一樣，重新又華燈初上了，霓虹閃爍，發出刺眼的光芒，沒有留下任何一絲被洪水所肆虐的痕跡。看著這座不夜的城市，再看看現在的我，一個人躺在蘇州河的中央，隨著流水漂浮，其實我是有一個屬於自己的房間的，還有一個很不錯的陽臺，最重要的是，我有一個潔白的鋼皮大浴缸，可以洗熱水澡，今天它又救了我的命。然而，我還能回到我的房間和陽臺裡去嗎？漂著漂著，我的心裡忽然感到了一陣絕望，於是，眼角流下了幾滴軟弱的眼淚，也許我真是一個軟弱的人。可是，我現在確實很冷，冷得就快凍僵了，凍僵了。我真有些害怕自己實在忍受不了，衝動地把浴缸裡的排水孔的塞子拔掉，這樣我就會在三十秒之內沈入蘇州河底了。

現在幾點了？我的腦子裡忽然產生了這個問題。我光著身子，身上只有一件棉大衣，還有一個大浴缸，除此之外我就一無所有了。所以，我不知道時間，這讓我有些焦慮。

忽然，從外灘的方向，又一次傳來那巨大的鐘聲，我聽到了，那是海關大樓的鐘聲。天哪，現在我要說我愛這鐘聲，我靜靜地數著：一、二、三、四、五、六。悠揚的鐘聲敲響了六下，我又看了看越來越暗的天色和一輪緩緩升起的明媚的月亮，現在已經是晚上六點鐘了，正是「月上柳梢頭，人約黃昏後」的時刻。於是，我自然而然地想起了我的——Z。

浴缸裡的我繼續隨著蘇州河水飄浮著，忽然，我見到前方出現了一座橋，那座我所熟悉的橋。那高大的鋼鐵支架在橋的上方牢固地豎立著，互相交錯的鋼鐵就像一張網一樣面對著我。我裹緊了我的棉大衣，全神貫注地注視著那座橋，直到水流帶著我漸漸地靠近了橋下。我看見在橋沿的鐵欄杆邊，站著一個穿著大衣的女人。橋邊的路燈發出淡淡的燈光，但這也足以使我從橋下的蘇州河上看清她的臉了。

她是「Z」，我的「Z」，是的，就是她。她看上去大約三十歲的年紀，要比年輕的我大個七、八歲，她留著半長的頭髮，頭髮有些捲曲，調皮地垂在耳際。她略施了一些粉黛，在路燈的清輝下，我能看出她似乎是在等待著什麼人，不斷地向橋的南端張望著。

她沒有失約，可是我也沒有失約，在約定的時間，她和我都抵達了這座橋。不同的是，她站在橋上，我漂浮在橋下的蘇州河裡，而且身上只裹著一件禦寒的棉大衣。

我想大聲地向橋上的她喊一聲：「晚上好。」可是，當她發現在傍晚的蘇州河上漂浮著一個白色的鋼皮浴缸，而這浴缸裡還有一個蜷縮在大衣裡的男人時，她會有怎樣的表情呢？我不敢想了，更不敢出聲了。

忽然，我發現一個男人也來到了橋上，那個男人看起來很年輕，穿著一種我從沒見過的衣服。他走到「Z」的身邊，看起來他似乎和「Z」認識，「Z」對他微笑著，而他則顯得有些靦腆，就像我一樣。「Z」的目光在路燈下曖昧地閃爍著，本應該給我的眼神，卻給了那個我陌生的人，這自然讓我有些悵然若失。

一陣冷冷的風吹來，我忽然聽到了橋上的兩個人的對話。蘇州河上漂浮著的我離橋面至少有五六米，我能聽到他們之間所說的話完全是一個奇蹟。其實，今天我經歷的一切本來就是一個奇蹟，總之我聽到了「Z」對那個男人所說的話：「你好，你果然是一個守時的人。」

而那個男人說話的聲音則很輕，略微有些膽小，斷斷續續地說：「很高興能收到你的回信，為什麼要約我在橋上見面？」

難道「Z」寫了兩封信？一封給我，另一封給他。我開始對她失望了起來。

「Z」緩緩地說：「我說過，因為我還記得你憂鬱的眼睛，而且我喜歡這座橋和這條蘇州河。」

年輕的男人好像欲言又止，但最後還是說了出來：「我想對你說一件奇怪的事，今天收到你的信以後，我睡了一個午覺，做了一個非常奇怪的夢。我夢到自己跑出去找你，穿梭在幾十年前的街道中，當我跑到蘇州河邊的時候，發現蘇州河水忽然漲了起來，最後，河水居然漫過了河堤，湧進了馬路，成為了洶湧的洪水。我只能逃回了自己家裡，由於渾身濕透了，我就洗了一個澡。可是，大水居然沖進了我在三樓的家裡，而且使我的浴缸帶著我漂浮了起來。我坐在浴缸裡，只裹了件棉大衣，漂出了我的家，在被蘇州河水佔據的街道中四處漂浮著。後來，不知過了多久，洪水退了，我和我的浴缸卻最終漂進了蘇州河裡，而四周的一切又都恢復了正常，只有我一個人坐在浴缸裡，飄浮於蘇州河上。後來，我的夢就醒了，卻嚇得我一身冷汗，太奇怪了。」

聽完了橋上的話，我大吃了一驚。此刻我抬起頭，努力要看著橋上的男人的臉，在柔和的路燈下，我終於看清了那個男子的臉——那是我自己的臉。

我的身體一陣顫抖，我看到橋上的「Z」和「我」一起離開了寒風中的橋欄杆，他們靠得很近，向橋南的馬路走去，那裡依然是燈紅酒綠。

現在，橋上空空盪盪的，只留下橋下的我，坐在我的浴缸裡繼續緩緩地漂浮著。

我裹在自己的棉大衣裡，蘇州河的波瀾輕輕地蕩漾著，在這柔和的夜色裡，我終於睡著了，我夢見自己就這樣漂進了黃浦江，漂進了長江口，漂到了海洋中，永遠永遠地飄浮著，直到世界的盡頭。

隱遁

開頭這些話是給我在網上的朋友們的：幾個月前你們可能會收到從我的電子郵箱發出的郵件，郵件主題大多是我的小說的名字，如果你打開了那封郵件，會發現正文是一段英文，附件通常有兩個，一個是我的那篇小說，另一個是空的。如果你把兩個附件全都打開了，那麼我只能說非常對不起——你中毒了。

事實上我也是受害者，我先收到了類似的郵件，因為是朋友發來的，所以並沒防備就打開了附件，結果不知不覺地中了毒。然後每次上線，我的郵箱就會自動向外發出大量病毒郵件，通常是以我電腦硬碟裡儲存的小說為主題，而我則對此無能為力。最後因為殺毒不力，造成了電腦的徹底癱瘓，結果只能重新安裝了WINDOWS，我硬碟裡儲存的資料和小說也就全部失去了，總之是損失慘重，不堪回首哉。

幾個月後，我才從這次打擊中慢慢地恢復過來，又像往常一樣在各文學論壇裡「流竄」。我曾經常去一個以美國電影《雲中漫步》（台譯：漫步在雲端）命名的ＢＢＳ，總覺得那裡有些像十九世紀末二十世紀初維也納的小文藝沙龍，充滿了各種奇異的話語和文本。還有就是瀰漫於那論壇裡的一股淡淡的憂鬱之氣，其實我並不喜歡那種氣氛，讓人昏昏欲睡，綿軟無力，不過倒是與「雲中漫步」之名十分地貼切。這裡我還是有一些朋友的，比如Ａ君，專門模仿愛倫坡的小說，他自稱把自己關在一間不見日光的屋子裡對著電腦沒日沒夜的寫驚悚駭人的故事。又比如Ｊ君，精神病醫生，總是把他的病人寫的小說貼出來，希望有出版界的朋友看到以後能為之出版成書，看了那些精神病人的小說後，向來把想像力引以為長的我也要自歎弗如了。還有Ｘ君、Ｗ君、Ｙ君等等，在「雲中漫步」裡，他們就像黑夜中的小動物那樣忙碌著，從眼睛裡放射著那麼一些細微的光芒，儘管這光芒在我看來有如流星般美麗，也如流星般短暫。

當我時隔幾月又回到「雲中漫步」的時候，發現這裡改變了許多，背景的顏色更深了，人氣也似乎少了一些，更重要的是，過去那些朋友們的ＩＤ都不見了，全是些陌生的面孔。我注意到了其中有一個不被人注意的貼子，主題為「隱遁」，發貼ＩＤ為馬達。隱遁？馬達？我似乎對這兩個詞有所印象，於是，我打開了那個貼子。那是一篇題為《隱遁》的小說，小說的第一句話是這樣寫的——「馬達想要找到一個能把自己藏起來的地方。」

這話對我來說是多麼的熟悉，似曾相識，現在就通過電腦螢幕出現在我的眼前，並泛出某種幽暗的光，似乎是在給我暗示。我繼續看了下去——

馬達走過一條陰暗的小巷，他豎著領子，低著頭蜷縮著脖子，但他的眼睛一直對著前方，時而在躲避著迎面而來的那些目光。許多天以來，馬達一直覺得有人在跟著他，現在，那個人就躲藏在他身後的某個角落注視著他。馬達認為自己必須躲避那個人的跟蹤，於是，他從這條街竄到那條路，又鑽進許多條小巷漫遊著，最後在擁擠的步行商業街的人流中不停地穿梭，看上去就像是一張撲克牌匯入了洗牌的過程中，再也無法被分辨出來了。

但是，馬達還是無法確認他是否甩掉了跟蹤，他十分謹慎地走到另一條街上，坐上了一輛公共汽車。公共汽車裡很擁擠，在靠近前門的地方卻有一個座位空著，似乎這個空位就是專為了馬達而準備的。馬達雖然覺得有些古怪，但他還是準備坐下，就在這個時候，他忽然看到了那空位旁邊坐著的那個女子。那女子看起來還很年輕，披著烏黑的長頭髮，但很散亂。她看起來還算是比較漂亮的那種，膚色雖然很白，但更像是那種面無血色的蒼白。馬達注意到她的眼睛很黑，很大，而且亮著一種特殊的目光，那目光正直勾勾地盯著他。對視著她的眼睛，馬達忽然有些膽怯了，他像是被什麼擊中了似的，他甚至懷疑對方的目光裡隱藏著傷人的匕首。但馬達還是說不清女子的眼神裡包含著什麼，是善意還是惡意？是邀請還是拒絕？或者是絕望中的求助？因為就在此刻，馬達於最初的恍惚之後終於看清了那女子的身上有著一灘灘殷紅的印跡。那又是什麼？在她那一身雪白的衣服上，那些紅色的污跡就像是冬日裡綻放於雪野的梅花那樣如此醒目。馬達還看到女子正向他攤開雙手，似乎是在展示什麼，也像是在企求什麼，她的手上，也全都是那紅色的汙跡，甚至在她那蒼白的臉上，也沾染著幾點腥紅。馬達的背脊忽然有些涼，他立刻聯想到了一幅鮮血淋漓的場面，怪不得周圍那麼多人站著，沒有一個敢坐在那女子身邊的空位上。馬達猶豫了片刻，最後他退縮了，他轉過臉去，立刻向車廂的後部擠去。在擁擠的人堆裡，馬達只能看著窗外迅速移動的街景，和一個斷裂了的扶手。後來他試圖向車廂前面張望，但人太多，什麼都看不到。不知過了幾站路，當車廂裡人少了一些的時候，馬達決定下車，他臨下車前又向前看了看，他發現那個女子已經不見了。

下了車以後，馬達確信沒有人再能跟蹤他了，他的腦子裡卻全都是那個滿身是血的女子

（假定那些紅色的污跡真是血）。不過馬達更希望那紅色是些別的什麼東西，比如染料，假設她是一個畫家，這就很好解釋了，這種人總是有些神經兮兮的，身上常常擦滿各種染料留下的污跡，或者乾脆就是一個惡作劇式的行為藝術。可是，當馬達又想起那女子直盯著他的那雙大大的眼睛時，他就推翻了剛才全部的幻想，他總是聯想到血，忽然，他產生了暈眩的感覺。馬達不願意看到自己暈倒在街頭，他有些踉蹌地離開了這裡。

在蹚過了幾條街以後，他鑽進了一家網吧，在那裡上網，到一個文學論壇裡閱讀一篇正在連載的小說。他已經連續兩個晚上都待在網上了，只為了讀完那篇似乎無窮無盡的連載。可是，他不知道那篇小說什麼時候才能連載到結尾，於是就這麼耗費了一個又一個夜晚。不知不覺，在度過了一個夜晚之後，清晨的空氣侵入網吧封閉的空間，馬達才神情倦怠地走到了街上。故事的描述者曾說過，其實馬達的目的只是要找到一個能把自己藏起來的地方。所以，擺脫跟蹤者（不管是臆想中的，還是事實存在著的），閱讀網上的連載小說，都是為了這同一個目的。

不知走了多遠，馬達又來到那個公共汽車站，一輛公共汽車進站了，他好像有些控制不住自己，幾乎是無意識地跳了上去，投了幣之後，他用眼睛在車廂裡搜索了一圈。這回車廂裡空了許多，甚至還有好幾個空位子，但是，沒有發現他所希望看到的那個人。馬達忽然明白了自己上車的目的，他希望能再次看到那個混身是血的女子，更確切地說，他渴望面對那雙眼睛，代表絕望或是誘惑的眼睛。忽然馬達注意到了車廂裡有一個斷裂了的把手，於是他確定這就是昨天他所乘坐過的車，而昨天那個似乎是刻意空著留給他的位子現在依然空著，彷彿那股特別的氣息是揮之不去的，以至於讓所有的人望而卻步，就像位子底下埋著一個隨時可能爆炸的地雷。可馬達反而對昨天產生了後悔，他想：要是當時自己坐上去了呢？於是他真的坐到了那個座位上，而身邊那個女子坐過的座位，依然空著。公共汽車晃晃悠悠地拐了好幾個彎，馬達看著車窗外的景像，這座城市就如同是用水泥鋼筋鑄成莽莽叢林，各種鋼鐵野獸在呼嘯著奔跑著，發出無數野性的聲音。坐在這個幾乎是給預定好了的座位上，馬達忽然覺得自己映在車玻璃上的臉有了些隱隱地變化。

然後，他輕聲地對自己說——如果真的在她旁邊坐下會怎麼樣？

小說就到此為止了，但我知道，這篇小說並沒有完成，因為這篇小說的作者，就是我。

在貼子的結尾，有著作者的落款，也正是我的名字。我終於想起來了，我確實寫過這篇小說，在整整一年以前，當我寫到這一句話——「如果真的在她旁邊坐下會怎麼樣？」的時候，我實在寫不下去，因為我的想像力還沒有發達到能夠憑空想像出後面將要發生的事情。在擠牙膏般地苦思冥想了幾夜之後，我決定放棄，讓這篇未完成的小說繼續沈睡在我的電腦硬碟裡，直到我的電腦遭到病毒攻擊，全部硬碟內容丟失，我想到了一個不恰當的比喻：毀屍滅跡。事實上，我還有許多篇這樣半途而廢的小說草稿，像被一截為二的身體一樣冷藏在硬碟裡，而我幾乎從來不去看它們一眼。我現在難以理解的是，這樣一篇被我深鎖著，而且已經被徹底毀滅了的未完成的小說片斷如何又跑到「雲中漫步」裡來了呢？我又看了看發貼人的ＩＤ：馬達。就是這篇小說的主人公的名字。

我更不理解了，不會這麼巧吧，於是我就在這貼子後面跟了一貼——「馬達，我是這篇未完成的小說的作者，請告訴我，你是如何看到上面那段文字的，謝謝。」

發完這則跟貼以後，我離開了「雲中漫步」，來到我做版主的科幻論壇裡與朋友們交流，就這樣大約過了一個小時以後，已經很晚了，而我沒有熬夜的習慣，就決定下線了。下線前，我又去了「雲中漫步」一次，又打開了那則以「隱遁」為主題的貼子，我發現在我的跟貼後面又跟了一則貼子，時間就在幾分鐘以前，跟貼人是「馬達」，以下是他（她）的回復——「小蔡，對不起，未經你的允許就把你的小說貼出來，儘管還未完成。我知道你一定很奇怪我是如何看到這篇小說的？但我可以確定，幾個月以前你和我一樣也遭到了電子郵件病毒的攻擊。因為病毒就是從你的郵箱裡發出來的，郵件主題是《隱遁》，有兩個附件，糟糕的是，我把兩個附件全都打開了，其中一個就是你的這篇未完成的小說片斷，而另一個則含有病毒。不過，因為我殺毒方法得當，最後還是消滅了病毒。而這篇《隱遁》也被我保留了下來。最後，請問這篇《隱遁》到底寫完了嗎？能否告訴我後面所發生的故事，謝謝。馬達」

原來是這麼回事，天知道我的那些已經丟失了資料和小說「疏散」到多少人的電腦裡去了。我累了，於是就下了線。

幾天以後，我的心裡不斷地出現這樣一幅畫面，一個叫馬達的人，坐在公共汽車的座位上，神情迷惑而奇異。我知道是那篇小說在敲打著我了，我時常有這樣的感覺，小說是有生命的，特別是寫到中途的小說，它會自己說話，有時候表示拒絕，有時候則是在輕聲地呼喚，現在，它對我呼喚著。我無法抑制住這篇《隱遁》，於是就寫了下去——

——如果真的在她旁邊坐下會怎麼樣？

馬達胡思亂想了一通，羅列出了種種可能性，最好的一種是那個女子愛上了她，最壞的一種是那女子當場拿出一把刀子捅死了他，處於中間的是什麼也沒有發生，最後兩人各奔東西，終究是還形同陌路，本來就是嘛。這種胡思亂想的最終結果是——馬達自己也搞不清究竟坐下去過沒有，他對這兩個座位產生了莫名其妙的害怕，忽然就像觸電似地跳了起來。

公共汽車一停下來，馬達就跳下了車，在沿街的地方，他見到一棟西式風格的小樓，樓前聚集了許多人，還停著幾輛警車。他本來是不喜歡湊這種熱鬧的，但這一回他好像覺得這可能與自己有關，於是就擠進了人群裡。不一會兒，他看到兩個人抬著一副擔架走了出來，擔架上是一個死人，看不到臉，用白布蒙著，只是能見到白布下的隱隱血跡。

周圍的人們議論紛紛，從他們嘈雜的說話聲裡，馬達聽出了個大概——原來昨天晚上，這棟樓房裡發生了殺人案，一個男人，據說是一個非常有錢的畫家，被人用刀子殺死了。而且有目擊證人說是一個穿著白衣服的年輕女子幹的，後來那女子混身是血地向公共汽車站跑去，目擊證人嚇壞了，根本就沒有膽量去追。

聽完以後，馬達有些嚇壞了，他立刻退出了人群，一個人躲到了一條小巷裡，他問自己：難道昨晚公共汽車上的那女子就是殺人兇手？馬達一陣顫慄，他又豎起了領子，哆哆嗦嗦地向前走去，他走得越來越快，只想著離那座殺人現場的小樓越遠越好。

整個白天，馬達就在這個城市的各個角落裡遊蕩著。晚上，他鑽進了網吧，在那沒完沒了的連載小說裡度過一晚，那小說長得驚人，似乎就是一個不斷循環往復的故事，就像是一個圓圈，既沒有起點，也沒有終點。馬達忽然覺得自己也漸漸地變成了一個圓圈，一個渴望隱遁起來的圓圈。就這樣，幾天幾夜過去了，雖然白天繼續在這座城市裡遊蕩，但馬達再也不敢坐公共汽車，他甚至看到公共汽車就有些害怕，生怕那個白衣女人從車門裡走下來，用那雙大大的眼睛盯著他。

但是，馬達依舊在尋找一個能夠把自己藏起來的地方。

直到那個黃昏，他豎著衣領走在街上，在忙碌的人群裡，他目光敏銳地向四周掃視，但又在小心地躲避別人的目光。突然，他看到了一身白衣在前頭忽隱忽現，馬達的眼睛像是被什麼刺了一下似的，他立刻就跟在了她的身後。雖然四周人很多，但馬達的眼睛相當敏銳，跟了一會兒，直到她拐過一個街角，馬達從側面看到了她的臉。就是她，馬達確定了，上次在公共汽車裡看到的那個女人就在他眼前了。就在這個時候，她也把頭轉了過來，看到了馬達的眼睛。他們對視了片刻，一動不動，就像兩尊街頭的雕塑，只有不間斷的人流從他們中間穿過。忽然，她轉過身去，向後面跑去，馬達只見到一身白色在人流裡跳動著。他立刻追了上去，人很多，兩個人都跑不快，直到擠出人流，她跑進了一棟幾十層樓高的大廈。馬達緊追不捨地跟在後面，她衝進了電梯，馬達沒有趕上。但幾秒鐘以後，另一部電梯的門開了，馬達也進去了，他不知道她會在哪一層出來，但冥冥之中，他有一種奇怪的預感，那就是頂樓。當電梯抵達頂樓的時候，裡面只有他一個人了，他迅速地衝出電梯，向最頂層的走廊裡望了一下，一個白色的身影從他的視線裡一晃而過。馬達立刻追了上去，在他視線的盡頭，那個白色的身影走上了一道樓梯。這裡已經是頂樓了，馬達明白，再往上就是天臺了。

很快，他踏上了樓頂的天臺。他看到了她，那一身富有誘惑力的白衣，在樓頂的急風裡翩然而動。她回過頭來，黑色的眼睛睜大著盯著馬達。馬達的頭髮亂了，高處不勝寒的西風讓他瑟瑟發抖，他顧不了這些，徑直向她走去。她連退了好幾步，一直退到天臺的最邊緣，眼看已經走投無路了。

「當心。」馬達連忙喊了一聲，擔心她會摔下去。

她回過頭去向下望瞭望，從這棟三十層高樓看下去，地面上無數的人們都顯得如此渺小。

馬達也向四周張望著，這座城市真的像是巨樹參天的森林似的，他現在正爬到了其中一棵大樹的樹冠上。黃昏時分的城市已經華燈初上，遠方和近處的一切都在一片燈光中閃爍著，與西天的晚霞共映著。

忽然，她說話了：「我知道你為什麼要跟著我。」

「我只想知道真相。」他大聲地說。

「不，我沒有殺人。」

「有人看到你殺人了，你應該去自首。」

她搖了搖頭，表情有些痛苦，一陣風吹來，她黑色的頭髮四散開來，她抱著自己的雙肩說：「不，不是我幹的，是他自殺的，他抱著我，他把刀子放在我的手裡，然後，他抓住我的手，把刀桶進了他自己的胸口，我沒有用力，是他自己這麼做的。」

「你說什麼？」

「請相信我，我是無辜的。」她的眼淚終於緩緩地溢出了眼眶，從臉頰上滑落下來，打濕了她的衣服。

看到女人的眼淚，馬達的心立刻就融化了，從小到大，他都受不了眼淚的刺激，他的聲音柔和了下來：「為什麼，他為什麼自殺？」

「因為，他只想找到一個能把自己藏起來的地方。」

馬達一下子怔住了，沈默了片刻之後，他才說：「那，那他找到了嗎？」其實，馬達這句話也是為了自己而問的。

「不，他永遠都找不到那個地方，所以，他死了。」

馬達忽然感到被什麼重擊了一下，他有些迷惑，也許，是因為她的眼淚。馬達忽然覺得她很可憐，他緩緩地走到了她的身邊。他終於大著膽子伸出了手抓住了她柔軟的肩膀。她抬起頭，兩隻神秘的黑眼睛盯著他，馬達的一切都被這雙眼睛融化了，他把她摟得更緊了。

然後，她吻了他。

當馬達感到她那雙唇冷冷的溫度的時候，她的雙手已經從後面緊緊地抱住了他。接著，她的身體猛地向後一仰，抱著馬達，從頂樓的天臺上跳了下去。

三十層。

她的眼淚在飛。

從三十層高樓頂上向地面自由落體地墜落，無數的風在馬達的耳邊呼嘯，馬達什麼也看不清，除了她的那雙眼睛。這個時候，她依舊緊緊地抱著他，在他的耳邊輕聲地說──你終於找到一個能把自己藏起來的地方了，那就是天堂。

故事到此為止了，雖然有些莫名其妙和「安妮寶貝化」，不過那些後現代後先鋒什麼的不就流行這種東西嘛，好歹就湊湊熱鬧吧。而且那頂樓的意象其實也就是論壇的化身，因為網友們通常把最上面的貼子叫頂樓，還有樓上樓下的叫法，從頂樓墜落可能也是從網路上墜落的像徵吧。然後我上了線，進入了「雲中漫步」，把剛才完成的這些文字貼到了那篇《隱遁》的後面，終於使這篇小說完整了。

又過了幾天，當我重新進入「雲中漫步」以後，發現《隱遁》再一次被提到了論壇的頂樓，我打開了貼子，發現在我完成的小說後面，那個叫「馬達」的網友又跟了則貼子，那則跟貼的題目是「這不是真相，我討厭你寫的那種東西，讓我來告訴你故事的真相吧。」

下面是網友「馬達」跟在後面的貼子——

當馬達坐在公共汽車的座位上反覆地問著自己——「如果真的在她旁邊坐下會怎麼樣？」他的腦子裡忽然一陣恍惚，似乎有一股什麼東西進入了他的體內。他又伸出手撫摸著身邊空著的座位，期望還能感到昨天的氣氛。忽然，他的手像觸電了一樣，從座位上抽了回來，然後有些下意識地摸了摸自己的口袋。他摸到了一串鑰匙，但是，這串鑰匙並不是他的。事實上，自從他想要找到一個能把自己藏起來的地方以後，身上就從來沒有帶過鑰匙。馬達有些疑惑地注視著這串陌生的鑰匙，這是一個銀色的鑰匙圈，只掛著一把鑰匙，看起來應該是房門鑰匙。他把這串鑰匙放在自己眼前搖晃著，銀色的鑰匙圈和鑰匙看起來還很新，並發出一些淡淡的反光。馬達忽然覺得這搖晃的鑰匙有些像他家老屋裡那個巨大擺鐘，那發出銀光的鐘擺在下面擺動著，讓人有昏昏欲睡的感覺。別人的鑰匙怎麼會跑到他的口袋裡？馬達無法回答這個問題，難道，是自己的記憶出了問題？瞬間，他的腦子裡又閃過一個念頭——昨天他到底有沒有坐下來過？

想到這個，他有些害怕了，馬達的記憶裡一片模糊了，他的眼前只有那串不斷晃動著的鑰匙，幾乎與他記憶裡那鐘擺的形象合二為一了，只剩下一片耀眼的白光。終於，他似乎是記起了來，隱隱約約的，昨天在這輛公共汽車上所發生的一切。馬達開始相信，他的記憶力原來出了問題，昨天，當他在這裡面對著那個混身是血的女子的黑眼睛時，他沒有退縮，他沒有逃跑，他並不是一個膽小鬼。事實的真相是——當時他大膽地坐在了那個女子的旁邊，是的，他真的坐了下去，沒有半點猶豫。馬達想，關於他並沒有坐下去，而是擠到了後門的記憶是錯誤的。這概是因為自己長期以來神經衰弱的結果，馬達確信這將導致人的記憶力發生問題，使之記不清自己做過什麼事，他以往是有過類似經驗的，這件事再一次證明，人的記憶是不可靠的。

然後，馬達開始靜靜地回憶事實的真相，也就是昨晚他大膽地坐在那女子身邊以後所發生的事情。馬達記得那個女子的眼睛一直盯著他，直到他坐下，也這麼盯著他，那眼神讓馬達有些不寒而慄。他想自己應該說些什麼，嘴巴張大著，卻什麼話都說不出。

這時候那女子倒是先說話了：「請跟我走。」

馬達有些詫異，為什麼要跟她走？雖然心裡這麼想，但他卻對她點了點頭。接著，她站了起來，馬達也站了起來，她的眼睛在暗淡的車廂裡閃著幽光，就像是叢林裡夜行的小野獸。馬達跟著她，向後門走去，車廂裡所有的人都閃向兩邊，幾乎是自動地為他們讓開了一條道，他們似乎都對女子身上的血感到無比的恐懼。很快，車子就像是專門為她而開的一樣停在了站上，沒有人下去，除了馬達和女子兩個人。他們走下了車，一陣冷風襲來，漸漸地目送著公共汽車的遠去。馬達終於有些反應過來了，他輕聲地問她：「你要去哪裡？」

「跟著我走。」還是這句話，她的聲音非常輕，就像一隻貓在叫喚，但傳到馬達的耳朵裡就似乎響了許多。他想也許這女子出了什麼麻煩，看到那一身的血跡，也許她遭到了襲擊，需要一個男人來保護她。馬達把心中的想法告訴了她。

她沒有回答，只是怔怔地向前走去。馬達心想她不說話就是默認了，自然，如果女孩子遇到受襲的事情一般是不願意對別人說的，在她們看來也許這是一個污點，還是什麼話都不問的為好。馬達跟在她身後走著，看著她那一身沾染著血跡的白衣，在黑夜的背景下特別的顯眼。他有些害怕，萬一別人看到她這副樣子，而自己緊跟著她，多數會以為他是個行兇的歹徒什麼的。還好，她立刻就拐進了一條非常幽暗的小馬路，兩邊幾乎沒什麼燈光，只有兩個人的腳步聲打攪著這裡的清靜。一路上，馬達一句話也沒有和她說，只是非常注意四周的動靜，他想也許那個襲擊她的歹徒隨時都會衝出來，所有的風吹草動都讓他心跳加快。最後，他們走進了一棟小小的樓房。走上狹窄的樓梯，樓板發出可怕的聲音，好像隨時都有可能蹋下來。在三樓，她領著馬達走進了一間屋子，開了燈以後，馬達發現這房間很小，最多只有十個平方米，呈長條形，只有一個不大的窗戶。由於空間所限，房間裡只有一張窄床，床的另一頭有一台電腦。近門處還有一個超大型的冰箱，冰箱上有個微波爐，那麼小的房間裡卻放那麼大的一個冰箱，顯得極不協調。

「謝謝你送我回到這裡。」她低聲地說，眼睛依然睜大著。

「沒關係，你身上——」馬達向她沾滿血污的身上指了指，說，「到底發生了什麼？」

她不回答，低下了頭不說話，沈默了一會兒之後，才緩緩地說：「請別走，等我片刻好嗎？」

馬達不由自主地點了點頭。

她打開了一扇小門，原來這小小的房間裡還套著一個衛生間，她走了進去，然後把門關上。接著，馬達聽到了水龍頭放水的聲音。她是去洗澡嗎？馬達問著自己。他侷促不安地在這斗室裡踱著步，抬起頭，看著天花板，頂上已經有些霉爛了，一些石灰剝落了下來。然後他又走到了窗邊，打開窗向外看了看，外面都是些牆和樹叢，只有夜空能看得清。一股冷風襲來，馬達又急匆匆地關上了窗。

衛生間裡的水聲越來越大，馬達的心跳莫名其妙地加快了，這是曖昧的水聲，馬達突然想到了逃跑。他走到了門前，把門打開，但是，他沒有出去，又把門關上了。過了一會兒，衛生間裡的水聲停了，他又鎮靜了下來。衛生間的門開了，女子走了出來，她披了一件厚厚的白色浴衣，把自己的身體裹地嚴嚴實實的。她的頭髮還是濕的，冒著熱氣，不過已經都梳理好了。她臉上的那幾點血跡早就沒了，恢復了原來的膚色，不再像剛才那樣顯得蒼白了。馬達應該承認，她還是挺漂亮的，這使他更加有些不安。

「你已經沒事了，我想，我該走了。」

「不，我還沒有報答你。」

「可是，我也沒做什麼事，你沒什麼可報答的。」

她淡淡地笑了笑，表情有些莫名其妙，然後問他：「你叫什麼？」

「馬達。」

「有趣的名字，你想要得到什麼？」

又是一句非常曖昧的話，「想要得到什麼？」馬達有些緊張，他不願意把自己的思緒帶到某些方面，他忽然想到了什麼，正如這個故事的描述者在開頭所說的那樣，想要找到一個能把自己藏起來的地方。

於是，他脫口而出：「我想要找到一個能把自己藏起來的地方。」

「一個能把自己藏起來的地方？」她用一種非常奇怪的語氣又復述了一遍。

馬達緊張地點了點頭。

她抿了抿嘴，然後靠近了他說：「你現在已經找到了。」

「找到了什麼？」

「一個能把自己藏起來的地方——就是這裡。」

說完，她不知從哪裡拿出了一串鑰匙，放到了馬達的手心裡。馬達下意識地握住了鑰匙，不知道該說什麼。這時候她伸出一隻手，把房間裡的燈關了，一片黑暗籠罩了他們。

「為什麼關燈？」

「因為時間不早了。」

「不。」

他忽然有些恍惚了起來，眼前什麼都看不到，只能感覺到她的呼吸撲面而來，還有，就是手裡那把冰冷的鑰匙。馬達漸漸地感到自己彷彿墜入了一個無底深淵，在那裡，誰都看不到他，他只能蜷縮著身體，就像是回到了母腹中的胎兒，被羊膜包裹著全身，靜靜地隱遁起來。

接下來，是一片無盡的黑暗，誰都記不起來了，直到清晨的天光照射到馬達的臉上。那絲光線刺激了馬達的眼睛，他終於醒了過來，睜開眼睛，發現自己正躺在一個長條形的小房間裡的一張窄床上。床的另一頭有一台電腦，床邊的窗戶很小，光線好不容易才透進來照在他臉上。這是哪兒？他迷惑地看著這陌生的環境，他忘了，他居然忘了昨天在公共汽車上看到那個女子以後發生的一切。倒是在網吧裡徹夜閱讀長篇連載小說的情景佔據了他的記憶。馬達發現自己的外衣正整齊地折疊好了放在床邊，自己穿著內衣躺在被窩裡。忽然，他感到自己的手心裡一陣涼意，好像有個什麼東西，他攤開手心，看到了那把房門鑰匙。

馬達越來越迷惑，他只回憶起自己走上公共汽車上，見到了一個混身是血的女子，他甚至還不記得自己是否坐在了她的身邊。他迅速地起來，穿好了所有的衣服，然後他打開房門，把鑰匙塞進了鎖眼試了試，果然，正是這間屋子的鑰匙。他把房門鑰匙塞進了自己的口袋裡，再把門鎖好，走下那搖搖欲墜的樓梯，離開了這棟小樓。

馬達走出了那條小馬路，走上了大街，一輛公共汽車開來，他跳了上去，發現這就是昨天的那輛車，他面對著昨晚的那個空位子坐了下來。然後，他摸出了那把房門鑰匙，終於，通過這像鐘擺一樣晃動著的鑰匙，他把昨晚發生的事都回憶了起來，他確信，昨晚他確實坐在了那女子的身邊，現在他所回憶起來的就是事實的真相。

公共汽車靠站了，馬達下了車，回到了馬路上，手心裡緊握著鑰匙，依舊冷冰冰的感覺。他忽然覺得手心裡被擱得很難受，彷彿那把鑰匙是有生命的，在他的手心裡掙扎著。也許這鑰匙正渴望著回到鎖眼裡去，打開那扇門。馬達想至少得把人家的鑰匙還回去。於是，他又把自己的領子豎起來，悄悄地匯入人流，像魚一樣遊動著。

他穿過幾條街，憑著甦醒回來的記憶，找到了昨晚的那棟小樓。現在他才又重新看清楚了那棟建築，四周有許多這樣的樓，一點都不顯眼。從外面看不到多少窗戶，就像一個封閉著的罐頭。馬達走進了小樓，沒有看到別人，只是小心地走上了樓梯。那讓人心顫的聲音又響了起來，幾乎使馬達一腳踩空摔了下去。他走到了三樓的那扇門前，先敲了敲門。過了許久都沒人開門，她肯定不在。也許，是因為她把鑰匙交到了馬達的手裡，而她身上又沒有備用鑰匙，自然也就進不了門了。馬達打定主意必須要把鑰匙還給她，他把鑰匙塞進了鎖眼，立刻打開了房門。長條形屋子裡果然是空的，那扇小窗裡透進來的光線是如此暗淡，以至於整個房間似乎永遠都是處於黃昏或者黎明時的狀態。早上他睡過的被窩還是那樣零亂，一切都和他離開的時候一樣，她沒有回來過，她去哪兒了？

馬達決定等她回來，否則萬一她真的沒有備用鑰匙的話，那她就有家不能回了，假定這裡確是她的家。馬達又仔細地看了一遍這房間，總覺得散發著一股霉味，實在太小了，就像是某種小動物建在森林裡的巢穴。他重新把床和被子攤好，然後走進了衛生間裡。他不明白那麼小的一間房子怎麼還單獨配有衛生間，似乎就是專門為了方便某個人長期隱匿而設計的。衛生間雖然也小得可憐，不過樣樣設施都齊全，甚至還能洗熱水澡。馬達試著擰開了熱水龍頭，很快一股熱氣從水裡冒了出來，水汽模糊了衛生間裡的那面鏡子，也使馬達的臉在鏡子裡一片朦朧。他甚至還想找到那件沾滿紅色污跡的衣服，以證明那是否是血，可卻怎麼也找不到了。馬達退出了衛生間，在房間的角落裡，他找到兩把折疊椅子，還有一個可折疊的小桌子，他打開一把椅子坐著，靜靜地等她回來。

天色又暗了下來，馬達看了看窗外，那小小的窗戶只能看到一方紫紅色的天空。他忽然感到有些餓了，他想出去吃點什麼，但又一想，萬一就在這個時候她回來了怎麼辦？於是他還是留在了房間裡，半小時以後，他實在忍耐不住了，就打開了那個大冰箱。馬達沒有想到，冰箱裡居然塞滿了各種食物，主要是袋裝的冷凍食品，還有許多醃製過的熟食，這麼多東西，足夠吃一個多星期了。馬達又等待了一會兒，心想總不見得為了等她回來而把自己餓死，於是他從冰箱裡拿出了一包微波爐炒飯，放進了微波爐裡轉了轉。熱完了以後，他打開了那張小折疊桌子，把熱騰騰的炒飯放在上面吃了起來。馬達忽然覺得這味道還相當不錯，他甚至已經很久沒有吃過這樣棒的炒飯了，以前他一向很討厭微波爐食品，但他現在莫名其妙地對微波爐喜歡起來了。解決了民生問題以後，他繼續等待著她的到來。

晚上十點了，窗外黑濛濛的一片，馬達睏得都快睡著了，但他並不打算離開這裡，相反，他打開了那台電腦。他發現這是一台可以上網的電腦，房間裡連電話都沒有卻可以上網也使他很意外。馬達立刻進入了他的電子郵箱的伺服器收郵件，他收到了一份主題為「隱遁」的郵件，打開郵件，正文是一段英文，附件有兩個，他打開了其中的一個，內容是一篇小說，小說的名字叫《隱遁》，那是一篇沒有完成的小說，只有開頭的一段。而且非常巧合的是，那篇小說裡的主人公也叫馬達，小說裡的馬達想要找到一個可以把自己藏起來的地方，他在這座城市中流浪著，在一輛公共汽車裡，他見到了一個穿著白色衣服的女子，女子的身上有許多血跡，看起來很是可怕。小說裡的馬達沒有敢坐在女子的身邊，而是擠到了後門，並下了車，第二天早上他又來到了這輛公共汽車上，給自己提出了一個問題——如果真的在她旁邊坐下會怎麼樣？

小說到此就嘎然而止了，顯然，作者並沒有把小說寫完，或者仍處於創作的過程中。

馬達忽然感到了一陣驚恐，原來自己所做所為的一切都被別人知道了？甚至於自己錯誤的記憶也被別人竊取了，還好，小說裡並沒有把真正發生過的事情寫出來。馬達開始確信，這篇未完成的小說的作者，就是日日夜夜跟蹤他的那個人，那個人同樣也隱藏在茫茫的人流中，馬達沒見過他，但馬達確信他的存在。不過，昨晚那個人一定把他給跟丟了，所以並不知道後來所發生的事。他知道另一個附件裡也許很可能是病毒，他保留下了這篇未完成的小說，然後刪除了病毒附件。馬達忽然有一種感覺，也許那個跟蹤者就在外面，這個城市裡總是有一些窺探他人隱私的傢伙，那些人的心理是扭曲的，簡而言之就是有些變態。想到這些，馬達不寒而慄，無論如何都不敢走出這扇房門了。他終於下定了決心留在這裡，不管這房間的主人什麼時候回來。

當這一夜平靜地過去以後，馬達忽然對自己說：我想，我已經找到了一個能把自己藏起來的地方。

網友「馬達」為《隱遁》續寫的部分就到此為止了，我不知道該怎樣評價這篇文字，我總覺得這些文字的作者似乎與文中的人物有著某種微妙的關係。他居然完全顛覆了我想要表達的東西，而稱之為記憶上的錯誤，就像是黑澤明的羅生門。忽然，我有一種衝動，很想和他交流一下。

於是，我又在這則貼子的後面跟了一貼：「馬達，我不知道你是誰，我想和你談談，如果你在線上，請到下面的網址的聊天室裡來，我現在就等著你。」我在下面做了一個網址的鏈結。

短短幾分鐘以後，我就在那個聊天室裡看到了「馬達」的出現。

他先向我打了招呼：你好。

我：你好，剛才看了你續寫的小說，你是怎麼想的，還有，故事的真相？是什麼意思？

馬達：因為這就是我親身經歷的，也許你無法理解，我就是你的馬達。

我：對不起，我真的無法理解。

馬達：好了，我告訴你，我現在就是一個隱遁著的人，我已經找到了一個能把自己藏起來的地方，我只是把自己所遇到的事情再原原本本地寫出來而已。

我：世界上真有那麼巧的事情嗎？

馬達：這不是巧合。

我：還有一個問題，在你的文字最後，你說《隱遁》的作者就是跟蹤馬達的人，為什麼這麼說？你難道是指我？

馬達：你敢說自己沒有窺探他人隱私的欲望嗎？在許多人的心裡，都深藏著這個欲望，自然也包括你，請你捫心自問。

我：假設你說的有道理。可是，你真的相信可以找到一個能把自己藏起來的地方嗎？這樣的地方，在這個城市裡，還存在嗎？

馬達：絕對存在。

我：我不信。

馬達：如果你不信，那你可以來找我，坐上XX路公共汽車，到XX路下來，再到XX路一〇〇號三〇一室，我現在就等你。

然後，「馬達」下線了。

我面對著幾乎是空白的電腦螢幕，心裡迷惑地回想著「馬達」所留下的每一句話。猶豫了幾分鐘以後，我終於打定了主意。我關掉了電腦，披上件外衣，走出了房間。

我走到了大街上，一陣冷風吹來，讓我有些發抖，我不由自主地縮著脖子，向四周張望著。我來到了XX路公共汽車的站旁，這座城市數不盡的霓虹燈讓我有些眼花。我在寒風裡等了許久，XX路公共汽車才慢吞吞地進站，遠遠看去，車廂裡似乎很擠的樣子。我上了車，果然很擁擠，但在靠近前門的地方卻有一個座位空著。我剛要準備坐下，忽然看到了空座位旁邊坐著的人。那是一個女子，看起來年輕且漂亮，披著烏黑而散亂的長頭髮，膚色蒼白。她的眼睛很黑很大，正以一種奇怪的眼神直勾勾地盯著我。轉瞬之後，我終於看清了她白色的衣服上有著一灘灘殷紅的印跡，我下意識地想了想，有些似曾相識，卻又不再記得了。她正向我攤開沾滿紅色污跡的雙手，像是在企求什麼。

片刻之後，我真的大膽地坐在了她的旁邊。

她的眼睛一直盯著我，讓我有些不寒而慄。我想自己應該說些什麼，但我卻什麼話都說不出。

這時候，她輕輕地對我說：「請跟我走。」

車窗不知被誰打開了，一陣寒風灌進來，吹得我頭皮發麻，忽然，我聽到了自己的聲音：我該去哪兒？

我該去哪兒？

天寶大球場的陷落

一座座巨大的建築物正在吳名的面前緩慢地長大成人，儘管它們的外表在此刻是醜陋不堪的，彷彿一個個是被活剝了皮的巨人，只剩下一把鋼筋混凝土的骨頭和發育不良的內臟。但據說在不久的將來，它們會成為我們這座城市的象徵，吳名能想像玻璃幕牆反射著太陽的光芒，宛如我們英明的市長油光光的禿腦門。

這是最後一個暑假了，前途未卜的吳名四年來頭一次回家，他幾乎認不出了，我們的城市已經成了一個大工地，似乎鷹架上的建築工人要比馬路上的市民還多。載重十餘噸的卡車威風凜凜地橫衝直撞，伴著震耳欲聾的柴油機撕扯著他的耳膜，而帶著濃重焦味飛揚著的塵土則刺激著他的鼻孔。當然，也有一些已經建成開張的商廈，紮著五彩繽紛的氣球和書寫著激動人心的標語。許多看來日子還挺好過的人拖兒帶女摩肩擦踵地踏進商廈來為國家擴大內需，全然不顧油亮的頭髮被塵土染髒。

吳名的瓦房已經被拆成了一堆瓦礫，據說明年將在此建起一座二十八層的三星級酒店。他的父母正擠在市郊的一間狹小逼仄的臨時房中，等待著新的住宅區的建成。現在他漫無目的地走著，街上不再有彈著吉他吟唱憂傷的情歌的少年，也不再有拉著古老的二胡的盲人，也許他們都進入了某個被遺忘的角落。

走著走著，他突然感到了一種神秘的力量，從大地的深處洶湧而出，控制著他的雙腿，控制著他的命運，他無法抗拒，或者說他必須要順從。於是，他在一個巨大的工地前停了下來，打樁機與推土機正轟鳴著掀開大地，在已經幾米深的地基中，吳名發現了什麼——在一瞬間的驚訝顫慄之後，他開始模糊地意識到了一個古老的預言。

【本報訊】昨日本市某建築工地在施工過程中發現一處古代遺址，以及大量不明骸骨，現市文物正組織力量進行進一步發掘，尚不能斷定其年代，用途及規模。

陽光穿越了滿世界落不定的塵埃，勉勉強強地來到了這個沈睡已久的地方。在一片灰色的煙霧中，十萬亡靈終於呼吸到了第一口空氣，儘管這空氣混濁不堪，但也足以使靈魂們騰空而起，籠罩瀰漫於我們的城市。但凡人的肉眼所能看到的，只是十萬具朽骨，層層疊疊，似乎一望無際，在第一縷陽光刺激下，他們的痛苦彷彿已響徹雲霄。這宛如死城龐貝的景致，讓我們的想像力終於有了用武之地。

一個專程從北京趕來的大學教授用腳跺著一堆朽骨，肯定地說這是楚霸王項羽在巨野之站後活埋二十萬秦兵的所在。

又一位著名的史學界泰斗興奮的宣稱這是三代時期奴隸主以活人做殉葬品的確切證據，這將標誌著又一項偉大的發現。

一個戴著大蓋帽的人幾乎是聲淚俱下地宣佈這是抗日戰爭時日軍製造的萬人坑，我們必須要牢記歷史，警惕當今日本右翼勢力的復活。

當然，還有古戰場說、上古祭壇說、古代瘟疫萬人塚說，甚至還有外星人說等各種千奇百怪的說法。可這並不會影響我們的城市一日千里的發展，只不過在城市規劃中少了一棟大廈而已。

吳名顯然無法在擁擠的臨時房中住下，他來到一大片已被拆了的瓦房中，在最後一排未拆的房子中租下了一間無人問津的小閣樓。

夜深人靜，吳名難以入睡，而當他勉強入夢，也被夢中奇怪的故事所驚擾，彷彿許多人在呼喊著他的名字，時而讓人心驚肉跳。突然有一種沈悶的撞擊聲從某個靈魂的深處傳來，忽遠忽近，像一陣擊打在心頭的鼓點。他必須醒來，彷彿受到了一種召喚，於是他起身走出房門。月光如洗，淒冷地照射著大片的瓦礫堆和其中瘋長的野草，在中央的平地裡，有一個人影來回閃動著，上半身白，下半身藍，真像個幽靈。吳名屏住了呼吸緩緩靠近，原來那是一個赤著上身的人，面對一個足球和遠處一堵殘垣斷壁。他加速度地助跑，有力地擺動左大，帶動小腿，以腳弓抽射，皮球呻吟了一聲，然後向子彈一樣飛去，在三十米開外的牆上發出沈悶的回聲。

【本報訊】昨日我省最大的高科技專案——中外合資盛世積體電路有限公司正式投資運行，本市市長兼市委書記與本市盛世投資有限公司方董事長出席了投資儀式，並為儀式剪綵。預計該公司可為本市創造百分之十的GDP增長和一千多個就業機會。

黃昏時分，街頭瀰漫著渾濁的霧氣，街燈早早地被打開了，在遠處看，忽明忽暗如同幽靈的眼睛。汽車們排著長隊，匍匐前進，過早打開的大光燈，噴出奇特的光線，把無數細小的塵埃照得清清楚楚。吳名茫然地站在街頭，吐出了一口長氣，卻忽然見到了昨晚上踢球的那個人，原來他是個賣報紙的。那人賣完了最後幾張報紙，向著古代遺址的工地的方向走去。於是，他也勾起了吳名去看一看的欲望。

買報紙的停好了自行車，偷偷地從一個破了的圍牆裡鑽了進去，隨後，吳名也跟了進去。此刻大概考古隊和工人們都已經收工了，巨大的工地內沒有幾個人，而那成千上萬的骸骨則已經被推土機清理掉了一大半。地表已開始露出來了，而四周似乎本來就是一層層的巨大臺階，圍繞著當中一片巨大的橢圓形空地。賣報紙的在吳名十幾步開外，似乎異常的興奮，居然大膽地跨過了隔離欄，跳進了一堆枯骨之中。他的舉動立刻引來了一個警察和一個考古隊員，他們把他拉了出來。賣報紙的大聲地對他們說：「這是一個足球場，你們知道嗎？這是一個足球場！」

「神經病！快滾。」

他被趕了出來，迎面撞到了吳名，說：「你信不信，這是一個足球場？」

「我信。」吳名回答。

幾年前，我們這個城市有過一支職業足球隊，毫無疑問本隊是全國最弱的一支職業隊，沒有老外洋槍助陣，也沒有內援加盟。我們的教練是少體校的老師出身，我們的球員選自全市各企業的業餘隊，更重要的是我們嚴重缺乏資金，沒有一家企業願意贊助，若不是一家小得可憐的校辦工廠送給我們幾萬塊錢，恐怕連註冊都成問題。我們的球員月收入比下崗工人高不了多少，主場僅能容五千人，通常到場的觀眾只有此數的十分之一。而我們往來於主客場的交通工具從來都是火車，並且是硬座，飛機只是一種夢想。所以，我們能參加甲級聯賽本身就是一個奇蹟，也從來就沒人奢望過我們能夠保級成功。但有一個人相信，他每場比賽都拼盡全力，以致於雙腳傷疤累累，內傷外傷纏身。一個賽季中他攻入了全隊少得可憐的十二個進球中的十個。但最終球隊還是以二十二戰全負的空前絕後的糟糕戰績，提前十一輪降級。更可悲的是除了一個人以外，無人流淚，我們的球隊無聲無息地來到聯賽中，又無聲無息地離開聯賽。我們的主場門票低得可憐，一塊錢三張，鐵定降級之後更是免費入場，可依然無人問津，沒有電視轉播，沒有墨西哥人浪，我們是一支無人知道的小草，自生自滅就是我們的歸宿。

降級之後，這位在本市默默無聞的全隊的最佳射手因為渾身傷病沒有轉會，而是隨著球隊的解散而回到了原來的工廠。兩年前，他下了崗，以賣報維生。他叫錢鋒，現在正直勾勾地看著吳名：「你真的相信？」

「當然。」

【本報訊】昨日下午四時，本市最高建築——三十八層，一百五十五米的盛世大酒店正式結構封頂。盛世大酒店由盛世投資有限公司投資，集餐飲、娛樂、住宿、商務於一體，預計於明年一月正式投入營運。

四年前，我們這座城市陷入了有史以來以來最大的困境，市郊那座鐵礦在經歷了近百年的掠奪性開採之後終於壽終正寢了。一九〇〇年，本市就是由於採礦業與鑄鐵業而從一個小村發展起來的，而現在，又眼看要因鐵礦而衰亡了。全市大部分的工人都下崗了，企業大量破產，正當人們的心理防線即將崩潰之際，新任的市長兼市委書記來了。這位市長雄才大略，高瞻遠矚，上通天文，下知地理，有經邦濟世之才，修身齊家治國平天下之能。他的錦囊妙計就是騰挪之術，地皮就是最大的財寶，再加上他的表弟經營的盛世投資有限公司的操作，老城區在幾年之內就已夷為平地，代之而起的是一棟棟高樓大廈，商業區，工業區，住宅區錯落有致，是名副其實的一年一個樣，三年大變樣了。毫無疑問，市長成了我市的英雄，把我們從前所未有的危險中拯救了出來，並且使我們達到了繁榮昌盛的最高峰，至少與過去比是這樣的。如今我們的城市欣欣向榮，一日千里，失業率降到了最低點，而物價指數則持續平穩，除了城市環境這個微不足道的小問題外，一切都是那麼順利，足以使我們為我們的市長樹立一座豐碑。

回到住處，吳名又看見了退役球員錢鋒在門外的空地中踢球。他覺得這個人很奇怪，於是產生了興趣，他靠近了赤著膊，且大汗淋漓的錢鋒。

對方似乎對吳名的誠意毫無所動，依舊自顧自地玩著球。吳名不想放過他，問：

「為什麼那裡過去是足球場？」

沒有回答，錢鋒收起了球，面無表情地看著他。吳名繼續問：「我相信你說的話，但你要告訴我為什麼。」

他搖了搖頭，穿上衣服：「我是個沒用的廢物，別信我的胡說八道。」然後他向外走去。

「我也是個沒用的廢物。」吳名大聲地說。

錢鋒終於回過頭來：「這是一個夢，一個長久以來困擾我的夢，也許在很久很久以前，我曾在那個古老的球場裡踢過球。」

【本報訊】據市統計局最新統計，本市一至六月份國民生產總值比去年同期同比增長百分之十五點八，高於全省平均值八個百分點，連續三年創全省新高，為完成今年人均GDP超三千美元的任務打下了堅實的基礎。

過了幾天，當人們從夢中醒來，發現我們的城市一下子清靜了許多。大街上橫衝直撞的大卡車和攪土機都好像消失了，推土機和打樁機震耳欲聾的轟鳴也嘎然而止了，無數的建築工在一夜之間都神秘地離開了我們。也就是說，我們熱火朝天的工地們寂靜了下來，就彷彿被瞬間冰凍了起來。只留下一棟棟開膛剖腹的高樓大廈，如同一大群還未長大就被拋棄的孩子，倒也成為了一種壯觀的獨特風景，只剩下那座古代遺址中，還有省考古隊在孤獨地忙碌著。而許多剛被拆毀的舊房子，還沒來得及清理的工地上的景象彷彿是遭受了地毯式轟炸的蹂躪。沒有人知道為什麼，也許這只是技術上的問題，也許這只是一個小插曲，也許這已不是也許。

又過了幾天，我市工業最大的希望，盛世積體電路有限公司在投資十七天以後，突然停產了。這個重大的消息並沒有見報，但早已從上千名重新下崗的工人們口中傳遍了全城。然後，人們發現已無法正常從銀行中提錢了，這使得銀行門口排起了長隊，形勢混亂，不得不出動了許多警察以維持秩序。這些可怕的消息像瘟疫一樣四處傳播，讓人們聞風色變，心驚膽寒。於是還有許多流言飛舞在我們城市的上空，如同這污濁的空氣，關於四年前我們曾經陷入過的困境許多人還記憶猶新，自然而然，各種奇特的聯想使這座城市披上了層灰色的外衣。有人度過了好幾個不眠夜，也有人乾脆離開此地另謀生計。而萬眾矚目，受到所有市民熱切期待的市長卻保持著沈默，不過這樣更能激起大家的希望，因為我們雄才大略的市長正在運籌於帷幄之中，決勝於千里之外，他一定會不負眾望，挽狂瀾於既倒，帶領我們順利度過難關。

今夜的星空神秘而美麗，雖然被渾濁的空氣所污染，但卻像披上了一層婚紗，保留著幾顆亙古不變的恒星。星空下的城市像是一片初生的水泥森林，不知該是陰森可怖，還是宏偉壯麗。在幾十棟落成或未落成的大廈環繞中，最後一片荒地孤獨地躺在那兒，如同古老森林環抱中的曠野。吳名與退役球員錢鋒正坐在荒地中央聽著一陣陣不知來自何方的風在高處打著呼哨。吳名幹活的地方已於一周前停業了，而錢鋒的報紙今天一張都沒賣出，因為人們已不再相信報紙了。他們一無所有地就像這荒涼的地方，靜靜等待終點的到來。然後，他們各自做了一個夢。

唐玄宗天寶十四年，本城是一座繁榮昌盛的大城，方圓十二裡，人口十餘萬。商賈南來北往，車馬川流不息，東到扶桑，西至大食，南往爪哇，北抵羅剎。儼然是一派盛唐氣象。而本城居民最大的愛好是蹴鞠，也就是古代的足球。

如果要寫一本世界足球史的話，應從中國的戰國時代寫起。而到了漢朝，蹴鞠已與現代足球很相似了。《漢書》記載，漢高祖劉邦就是個鐵杆球迷，他在皇宮裡造了巨大的球場，稱為「鞠城」，有圍牆、看臺，球門稱為「鞠室」。至於世界上最早的足球技術書，則是漢初的《蹴鞠新書》，而最早的有關裁判的著述則是東漢李尤的《鞠城銘》。三國演義中一代梟雄曹操也曾熱忱地投身於足球運動。到了唐朝，出現了充氣的皮球，外殼由八片皮革縫製，內用動物細胞充氣。過去西方人認為充氣球起源於十一世紀的英國，其實至少在七世紀就有了。而掛網的球門也是於唐朝首創的。甚至還出現了女子足球，稱為「白打」。宋朝足球依然流行，水滸裡的高俅就是靠踢球而獲得了精於此道的宋徽宗的賞識而榮升為國防部長的。到明清時代，足球才開始走下坡路，直到今天，中國足球淪落至此。以上介紹，全屬歷史事實，皆有典可查。所以，大唐天寶年間，本城對足球的癡迷也就無足為奇了。

令全體市民自豪的是，我們有一支強大的足球隊，成立於貞觀年間，打遍海內無敵手。在天寶元年，我們又傾盡全城之力，建造了一座當時世界上最大的球場，看臺宏偉高大，可容十萬人，場內鋪滿了從西域的沙漠中運來的優質細沙。它的名字叫

「天寶大球場」，是我們共同的驕傲。明天，又一場重要的足球比賽要進行，對手是來勢洶洶的新羅隊。新羅也就是現在韓國，新羅人當時被認為是剛剛開化的野蠻人，許多新羅人在中國的大戶人家裡做奴僕。蹴鞠在一百年前才傳到那裡，但新羅人憑著一股不要命的勁頭，居然還踢得像那麼回事。由於我們大唐的皇帝愛好的是馬球，足球則屬民間愛好，所以那時還是沒有國家隊，也得不到官方的支援，當然，本城例外。所以，新羅隊在收拾了同為野蠻人的日本之後，就到大唐來撒野了。他們從南到北，從東到西，橫掃了中國。許多城市的足球隊居然像患了「恐韓症」似的被打得一敗塗地。明天，是新羅隊中國之行的最後一站，他們狂妄地放出了要三比〇拿下我們的大話，一時激起了本市全體市民的義憤。於是，明天的比賽萬眾矚目，人們忘記了生活的幸福和煩惱，一頭栽到了偉大的蹴鞠運動當中。毫無疑問，明天的比賽應該載入史冊，我們深信，勝利屬於戰無不勝的大唐。

繁華的「小朱雀大街」模仿長安大名鼎鼎的「朱雀大街」而建成，沿街大到商廈賓館，小到肉攤排檔、超市、酒店、飯莊、夜總會、各類專賣店、國營、私營、中外合資多種所有制形式共同發展。路面寬敞整潔，可並排通行四輛大馬車。兩邊人行道上行人如織，爭相購物，兩邊商店生意興隆，一律八折優惠，一聲吆喝「大出血」，引來無數英雄競折腰。而最搶眼的則是蹴鞠專賣店，各類名牌充氣皮球上有本城各球星的簽名，還有手工繪製在名貴宣紙上的球隊全家福，各種蹴鞠書籍，運動衫，蹴鞠鞋，雖然價格不菲，一律五兩銀子以上起賣，仍然隨時都可能被搶購一空。而人們的街談巷議更是三句話不離足球，大有地無分東西南北，人無分男女老幼，老少爺們齊上陣，不破新羅不罷休的氣概。至於賭場裡，明天的比賽成了唯一的賭注，有人傾家蕩產以期一搏，有人賣兒賣女破釜沈舟。

突然，大街上的人流分成了兩半，人們驚恐地朝四周躲避。原來是蹴鞠隊的主力前鋒唐仁來了，因為所有的人都說這位過去炙手可熱的城市英雄沾上了普天下最大的晦氣。我們這位以往平均每場進三點八球的天才射手，在最近的二十八場比賽裡場場主力卻一球未進，保持著鴨蛋的記錄。有人認為他已江郎才盡，也有人說他聲色犬馬，自斷前程，更有人斷言唐仁是中了邪，千萬不可靠近他，否則必定遭傳染。於是，無人敢接近他，人們像躲避瘟神一樣躲避他，更有許多人強烈呼籲把唐仁請到替補席上，不然明日的比賽凶多吉少。現在唐仁孤獨地走著，四周圍觀了很多人，但都保持著一段距離。回想過去，只要他一在公共場所露面，就會有大批少男少女的追星族包圍著他，求他簽名，大到六十歲，小到十六歲的女人向他拋來飛吻。他的頭像被印在了許多商家的廣告上，他的回憶錄也以手抄本的形式出版了三次。而如今，已恍如隔世。

明天是他的三十歲生日。十年前，當他還是一個本城驛站的小驛卒的時候，有個神秘的道士路過了此地，唐仁容忍了道士在驛站的屋簷下過夜。道士以預測唐仁的未來作為報答，他告訴唐仁，這個年輕的驛卒，將在今後的十年內大展鴻圖，享盡人生的名與利，然後在三十歲生日之前，遭受一次前所未有的可怕厄運，他的厄運將在三十歲生日那天消除，然而他的生命，也將在這一天結束。唐仁從未相信過道士的話，但命運的軌跡卻難以逆轉地向預言靠攏，他成為蹴鞠運動員純屬偶然，在他的球員生涯中始終受到好運的眷顧，他進了許多連他自己都不可思議的球。他的好運持續了十年之久，直到半年前才被飛來的厄運所打斷，開始的幾場他還不以為然，以為只是換換球運而已。但後來當他聽到全場觀眾齊聲呼喚讓他下場的時候，唐仁終於想起了十年前的那個神秘道士，難道自己的命運真的在他的股掌之中。

我們簡直無法相信，大唐天寶年間的星空純淨地像一塊深藍色的水晶。純得沒有一絲雲，沒有一絲煙塵和雜質，只有滿天星斗在閃耀，似乎能讓人類窺透一切宇宙的秘密。

突然，一顆無法用人類的語言來形容它的美的流星在瞬間掠過了神秘的星空。

「流星是一種預言。」唐仁憂傷地說。

「快許個願吧，面對流星許的心願一定會實現的。」

星空依舊神秘莫測。

比賽在當地時間下午三點準時開球。在賽前三個時辰，大球場周圍便已人山人海，黃牛黨、票販子，已經把球票爆炒到了十兩銀子一張，相當於當時的白領階層半年的工資。球場外的小商小販們在兜售各種球迷用品，趁機狠狠地賺了一筆。至開球前，天寶大球場已是鑼鼓喧天，人聲鼎沸，十萬人的看臺座無虛席。當時尚未發明麥克風，由主席臺上數十位嗓音特別洪亮的大漢報出場隊員名單。每報大唐隊的一人便引來陣巨大的歡騰，還好，唐仁並未首發上場，讓大家定下了心來，而每報到對方球員的名字則引來了陣陣噓聲。

時間快到了，但主席臺上還缺一位，那就是本城的最高長官刺史大人，以往的比賽前，總由他來進行領導發言。我們這位刺史，來頭不小，據說是楊貴妃她哥楊國忠的小舅子的拜把兄弟的丈母娘的表外甥，而今早，他留下了一張條，說是他家鄉的老婆死了，急急忙忙趕回去奔喪了。於是，今天領導發言就免了。

經過扔銅錢，決定由新羅隊先開球。於是隨著主裁判的一聲長哨，比賽開始了。

在唐朝，假球黑哨這檔子事偶爾也會發生，所以為了公平起見，特別請來了一位第三國的裁判，是位天竺人，黑得像塊木炭，但卻是有名的六親不認，剛正不阿，一個高尚的人，純粹的人，脫離了低級趣味的人。

開場僅幾分鐘，新羅隊便組織了一次極有威脅的快攻，皮球三傳兩倒，竟輕而易舉地突破了我們的防線，在小禁區邊上一腳凌空抽射，如出膛的炮彈直奔球門的左下死角而去。「完了」正當大家悲歎之際，咱們的守門員一個魚躍撲球，居然把球給撲出了底線。我們的這位國門，身高九尺有餘，腰卻細得像麻稈，彷彿風一吹就要倒似的。

現在，新羅隊發角球，在空中掠過了一個精彩的弧線直送到前鋒的頭頂，又是個獅子甩頭，「砰！」的一聲重重地砸在了球門橫樑上。滿場一片譁然，大家異口同聲的大罵我隊的中後衛臭球。這位後衛與眾不同，因為他是個和尚，大光頭特別引人注目，以至於博得了「光頭球星」的雅號。「光頭球星」來自嵩山少林寺，自幼練成了少林功夫的銅頭鐵骨，闖過了大名鼎鼎的少林十八銅人巷，在禪宗達摩祖師面壁的山洞中悟透了蹴鞠之道，下山加盟了我隊。靠著他的少林功夫，尤其是鐵頭功，任何人都別想在他面前爭到高球。但今天他居然爭不過一個個子矮他半個頭的新羅人，簡直是不可思議。他苦思冥想，才明白原來新羅人愛吃狗肉，而和尚只能吃素，故而爭不過他，也屬情有可緣。

但我們的教練卻坐不住了，開始向場內罵娘。這可是一反常態，不過我們這支常勝將軍居然連新羅都擺不平的確對不起自己。說到教練，他是本城血統最高貴的人，他出身於皇族，若不是他不喜歡宮中流行的馬球，而癡迷於民間的足球，或許他早就被看中繼承了大唐的皇位也未可知。但他似乎對榮華富貴不在乎，拋棄了二十八個老婆，和錦衣玉食，騎著一頭驢，背著一隻球，來到了本城加入了蹴鞠隊。他是本隊歷史上最好的中場組織者，服役了十二年，名震中外，十年前當今的皇上派高力士來請他回宮，他居然把鞋脫下來讓高力士舔他的腳丫。如今他執掌起了教鞭，又成了大唐蹴鞠界的風雲人物，只不過做教練實在太難了，任何人都可以指手畫腳，其實他們根本狗屁不通。

正當我們的教練愁眉不展之際，本隊居然在轉瞬之間，把球攻入了對方禁區，十一號黑人前鋒以獵豹般的速度直插門前，正待起腳射門，斜刺裡對方伸出一隻腿，拌倒了他。天竺裁判往點球點那麼一指，全場球迷立馬歡聲雷動。我們的黑人兄弟興奮的在地上學起了狗爬，那是他們家鄉的風俗。在全場又一次寂靜下來之後，黑人把球緩緩地放到了點球點上，然後他站在大禁區線上深深吸了一口氣，彷彿又看到了非洲草原上的獵物，多年前，他被貪婪的部落酋長當作奴隸賣給了一個阿拉伯商人，在大馬士革的奴隸市場上以一匹馬的價格轉賣給了波斯富商，波斯人用鎖鏈鎖著他到遙遠的大唐做生意，生意虧了本，只得把黑人抵債抵給了本城的一位開錢莊的金融家。這位金融家也是球迷，為本城的足球事業慷慨解囊，把這位具有一流身體素質的奴隸送給了蹴鞠隊。黑人重新過上了自由的生活，他感激蹴鞠，感激善良的中國人民，把本城當作了第二故鄉（當然，他的非洲老家是永遠也回不去了）。現在，他眼前就只有這個球，他不再顧別的了，盯著球門的死角踢了出去。然後他照老習慣閉上了眼睛，傾聽滿場震耳欲聾的掌聲，這是一種巨大的幸福。他等了半分鐘，卻是鴉雀無聲，他懷疑是不是自己耳朵有毛病了，於是他滿腹疑惑地睜開眼睛，卻發現新羅守門員在開球門球。原來球根本就沒進，比分依舊是〇比〇，我們的教練「哇！」的一口，吐血了。

比賽之慘烈，已超過了一般人的想像，新羅人的手段無所不用其極，轉眼間，已把我隊中場組織的核心秀才的腿鏟斷了。秀才疼得躺在地上打滾，立刻引起了全場球迷的公憤，噓聲四起，罵聲震天。另一名前衛實在看不下去了，拿出了他當年做江洋大盜，海洋飛賊時的那套本領，飛起一腳就踹在了對方犯規隊員的胸口，把他踹飛出去二丈有餘，當即七竅噴血，不省人事。這一下場面更亂了，雙方開始扭打在一起，新羅人使出了跆拳道的看家寶，咱們的光頭後衛則使出少林功夫以一鬥十。裁判一看不妙，若是比賽失控，那是他的責任，勢必砸了他的飯碗和名聲。於是這位天竺人一不做二不休，掏出了四張紅牌，兩張給本隊那位強盜出身的前衛與少林寺來的後衛，另兩張給了新羅人。這才平息下了這場有史以來第一次的球場暴力事件，但滿場球迷的民族義憤卻是愈演愈烈。

秀才抬到了場邊，經隊醫確症，為右腿腓骨骨折，他疼得要命，可那時並無止痛藥或噴劑，只能忍著，可他一介書生，又實在忍不住。原來他是個讀書人，只因當時的升學制度太不合理，考舉人三次都沒考中，只得投筆從球。如今斷了腿，看來他又得回去寒窗苦讀了。

教練作出了一個遭到所有人反對的決定，由唐仁替換受傷下場的秀才。當唐仁一踏上球場的細沙，立刻引來了全場球迷異口同聲的辱罵。當唐仁生龍活虎地在鋒線上奔跑，卻沒有隊友給他傳球，誰都不敢餵他球，否則必遭球迷痛罵。而黑人也被對方看得死死的，於是球很快就被新羅斷走，下底傳中，正當對方包抄隊員搶點接應之際，唐仁似一道閃電從前場直奔回後場，趕在金剛之前，伸出了腳解圍。教練大聲地叫好，卻不料球沒有踢出底線，而徑直竄入了大門。唐仁終於進球了，可惜這回進的是自家大門。只可憐我們操勞過度的教練，又噴出了一口鮮血。裁判把他的黑手指向了中圈，比分一比〇。在看臺上最不起眼的一個角落中，幾十個新羅人在全場啞口無言的大唐人中得意忘形地敲起了鑼鼓，跳起了新羅舞蹈，這些在本城的深宅大院中做牛做馬的新羅奴役終於也有了揚眉吐氣的一天，他們寧願為此而遭到主人殘酷的懲罰。

當我們的教練心力交瘁之際，本隊的隊長只得擔負起了全部重擔，隊長留著滿臉的鬍子，那是一個軍人的自豪。他曾是大唐帝國的一名陸軍軍官，跟隨高仙芝、封常清等大名鼎鼎的邊帥出征西域，在茫茫的戈壁大漠中為大唐開闢疆土。他出生入死，勇冠三軍，於萬軍叢中取突厥之上將首級。將軍百戰死，壯士十年歸。衣錦還鄉的他沒有虛度年華，而是加入蹴鞠隊擔任隊長之職。隊長拍拍唐仁的肩膀，卻發現他一幅若無其事的表情，隊長問：「你怎麼了？」

「也許那個道士說得對。」

此刻，在城外二裡，大唐平盧、范陽、河東節度使安祿山全身披掛，正站在高崗上向下望，只見一片高樓廣廈如大海茫茫。他的身旁，是十五萬精銳騎兵，刀出鞘，箭上弦，目標長安大明宮含元殿當今天子屁股底下的椅子。偵察兵已向他報告，本城的刺使已於昨晚謊稱奔喪，棄城而逃。而守城的幾百老弱殘兵已全部調入天寶大球場中維持秩序。也就是說，眼前是一座不設防的空城。

安祿山在馬背上扭動著他那肥胖的身軀，瞇著眼睛遙望遠方那宏偉的球場。

中場休息時，人們發現，在球場看臺外的四周，已密密麻麻地佈滿了全副武裝的騎兵，旌旗蔽日，戈甲耀天，一層又一層，圍得水泄不通。一皮火紅色的駿馬載著一名威武的騎士闖入了場中，我們的老弱殘兵們無人膽敢阻擋。駿馬的鐵蹄有力地拍打著球場的細沙，直到中圈裡，騎士大聲地宣佈了安祿山將軍給全城居民安排的命運——屠城（包括無辜的新羅人，和可憐的天竺裁判）。

全場一片寂靜，可怕的寂靜給人帶來的恐懼甚至超過了死亡。

有一個人來到了威嚴的騎士跟前，那個人是唐仁，所有的人都注視著他，但沒人能指望他能拯救全城生命。

「兄弟，比賽結束以後再動手吧。」

騎士感到很奇怪地看著他：「你們都是些瘋子，好吧，我同意。」

「兄弟，大恩不言謝了。」

唐仁站在球場中央大聲地說，我們繼續吧。

勇敢的新羅隊隊長走到了他面前：「能和你死在一起是一種榮譽，我們繼續。」

我們的天竺裁判唸了一長段佛經，然後吐著混厚的鼻音：「繼續吧。」

有許多事都埋沒在了歷史的塵埃中，關於此後的細節，我一無所知，我只能在某個同樣的下午進行想像。我能肯定的是這接下來的半場比賽是世界足球史上最偉大、最純潔、最高尚的比賽。有最偉大的球員，最偉大的裁判，最偉大的球迷。所有的富商巨賈，士農工商，販夫走卒一瞬間都親如兄弟，新羅奴僕居然與他往日兇殘的主人相敬如賓。人們忘記了生死，完全沈浸在對蹴鞠的欣賞中，彷佛面臨的不是死亡，而是涅槃永生。我希望唐仁能夠進球（進對方的大門），然後在他攻進這一生中最後一球以後，天竺裁判吹響了三聲長哨，在全場觀眾忘我地掌聲中，大唐和新羅都是勝利者，雙方球員互相擁抱，向球迷致敬。接著，大家手拉著手，安詳，平靜地席地而坐，從容不迫地等待最後的時刻。

再然後，是必然要發生的事了，十五萬把馬刀高高地舉起，刀尖閃耀著夕陽血色的餘暉，十萬顆人頭落地，血流成河，鐵蹄踐踏著人們破碎的肉體，分裂的四肢。一切都被血染紅了，只剩下一隻皮球，飄蕩在血液的海洋上。然後是一場大搶劫，不計其數的金銀財寶成為了安祿山進軍長安的軍需品。入夜，一場熊熊大火把我們的城市徹底化為灰燼，這是真正的雞犬不留，所有的生命都消失了。

而我們偉大的天寶大球場，則被埋入地底，沈睡了千餘年。

當新一天的陽光穿透了巨大的晨霧抵達吳名的臉龐，他彷彿剛從另一個世界回來，也許他本該就是活在另一個世界。

他問錢鋒：「你夢到了什麼？」

「比賽結束了，」錢鋒好像還沒從夢中醒來，「我踢進了一個最偉大的入球。你夢見了什麼？」

「不，我什麼都沒有夢見。」

我們的城市依然處於不安之中，但更讓人擔心的是我們的市長失蹤了，連同他的表弟方總。最後我們是這樣猜測的：

我們雄才大略的市長和他年輕有為的表弟，在這幾年所進行的房地產開發的資金，其實全是從銀行及上級政府借來的，盛世公司原來根本就身無分文，全靠市長以市政府的名義進行擔保。於是他們與一個來歷不明的香港老闆合作，炒賣地皮，招商引資，暗中通過種種非法的手段斂取了大量錢財。他們在背地裡過著酒池肉林、聲色犬馬的生活，像這樣的別墅就有十幾個，他們也早已辦好了出國的護照和簽證。上個月，那個香港老闆突然失蹤了，連同他們明帳戶與黑帳戶上的幾個億也被全部提走。所有的專案都失去了資金，就好像人失去了血液，停工也就在所難免了。但銀行不管這些，市長與他的表弟根本就還不出，他們束手無策，而省紀委與省檢察院已開始調查他們的問題。於是，他們潛逃了，同樣帶著幾千萬贓款，踏上了出國的班機。也許現在他們正在泰國或馬來西亞，開始享受熱帶的陽光與海灘。

【本報訊】本市新任市長已於昨天到任，在本市各界人士參加的座談會上，市長表示了竭盡全力使我市走出困境的決心，並透露了一整套方案——

我們的城市此刻歸於了沈寂，但也難保在哪一天突然興奮起來，也許要很久，也許就是明天。吳名在度過這個不眠的夏天之後，意外地留了下來。而錢鋒則背上了他的球，到南方去尋覓他的夢了。

唯一繼續下來的是巨大的古代遺址，但是人們似乎已經很快地遺忘了它，沒人相信錢鋒的話。在一份匆忙完成的報告中，寫下了上限六世紀，下限十世紀，用途及骸骨原因不明的字樣。它現在孤獨地躺在城市的中央，在低矮的圍牆環繞中，雖然明明是空無一人，但一抹血色的夕陽卻照射出了一群隱隱約約的人影，鋪展在地面，那些影子飛快地奔跑著，快樂地互相追逐，最後，其中的一個提起了大腿，彈出小腿，一個球形的黑影掠過了天空。突然之間，響徹雲霄的掌聲從空蕩蕩的四周傳來，而我們的城市，卻沒有一個人聽到。

拜占廷式的圓頂

他正看著窗外拜占廷式的圓頂，天藍色的。圓頂尖上有一個金色的小圓球。一根也許是避雷針似的東西從小圓球中豎直起來，正對著天空，就像先知耶穌把他的手指指向上帝的方向。

他的目光中閃著一種幾乎是透明的物質，似乎窗外的世界就只有這個五百米外的圓頂存在。在大圓頂週邊的四角上，還分立著四個較小的圓頂，同樣的天藍色，同樣的比例與輪廓。在圓頂之間，沒有直線，而是每一邊都用五到八個小拱頂相連，就像博斯普魯斯的海浪。

他輕聲地向旁邊說著話，其實房間裡只有他獨自一人，他說了很久，也許一小時，兩小時，或是整整一天。直到夜幕降臨，上帝把黑色的風衣披在了圓頂身上，從他的視野裡逃逸到了另一個神聖的地方。他把臉從窗口扭回來，面對著牆上的一副水彩畫，畫裡也有一個拜占廷式的圓頂，天藍色的。

淡淡的鉛筆在畫紙上顫動著，就像面對一只蘋果，或是一堆幾何體，一個大大的圓弧形與幾個圓拱形被輕輕勾勒了出來。拿著鉛筆的手白皙，修長而有力，自然地塗抹著。這一切來源於她的眼睛，那雙正盯著窗外圓頂的眼睛。和他的一樣，此刻她的眼睛彷彿是透明的。

女孩突然回過頭來對他說，你知道嗎?它美得出奇。

他沒有回答，只是把目光迅速地從她臉上挪開，重又固定在了圓頂上。圓頂與天空正合二為一。

他很想靠近了去看看那個天藍色的圓頂，而不是像現在這樣。他想走進教堂的大門，來到圓頂之下，佈道者的面前。但他做不到，因為他是個輪椅上的少年。

從他搬進這棟樓的第七層開始，他就一直這樣守著這扇窗。他完全可以通過電梯直達樓下，自己推著輪椅去，但他不願意，他厭惡大街上的人們看著一個殘疾少年的眼神，但他更害怕的是把自己暴露在光天化日之下。獨自一人的他從沒有離開過這間房子，每天的生活起居會有鐘點工來照料。

五百米外，與東方第一大的徐家彙哥德式天主教堂完全不同的是，東正教堂擁有拜占廷式的圓頂。圓頂與他的窗口之間，是一排三十年代的老式樓房。他的視線剛好可以略過那排屋頂，完整地看到所有的圓頂和其間的圓拱，再往下，就只有一層紅色的拱門頂可勉強望及。除此之外，一切只存在於想像中。但想像，往往比現實完美，他每天都重複著這句話，直到有一天，那背著畫夾的女孩的敲門聲，叩響了他平靜如水的日子。

對不起，我能借你的窗戶一會兒嗎？她的唇齒間流出的聲音讓輪椅上的他有一種特殊的感覺，一種彷彿能夠站立行走的感覺。

她是來畫畫的，來畫那大圓頂，她告訴他，她是美術學院的學生，在這附近找了整整一天，覺得只有這個窗戶最最適合觀察圓頂。

她像一陣風來，又像一陣風去。每次來總是帶著一個大畫夾還有筆和染料，調色板。他很少說話，幾乎就是約定俗成似的給她開門，再送她出門。終於有一天，他問她，天藍色的圓頂下面是什麼樣子？

他第一次緊盯著女孩的雙眼，彷彿盯著圓頂上的天空和幾朵白得讓人心疼的雲。

那是兩條非常幽靜的馬路的十字路口，馬路對過一邊是幢古老的洋房，據說是曾經是杜月笙的老丈人的府邸，另一邊是個很小的公園。這座正方形的東正教堂有著乳白色的外牆，間有長長的窄窗和彩色玻璃。大門朝北，也許是要面向俄羅斯，是一個高大的拱門，門楣尖上有一個石刻的小十字架。大門是銅制的，金黃色，一排高高的石階直通其內。

裡面呢？他彷彿已從女孩的描述中見到了所有的一切。

大門緊閉著，我從沒進去過。女孩回答。

從此，他常常夢見拜占廷，還有聖·索菲亞的大圓頂。所以，為了講這個故事，有必要讓你瞭解拜占廷式的圓頂。

拜占廷帝國也就是東羅馬帝國，存在於耶穌誕生後三九五年到一四五三年。首都君士坦丁堡，位於歐洲與亞洲，東方與西方連接點的博斯普魯斯海峽的西側。偉大的聖索菲亞大教堂從五三二年至五三七年設計建造，與西歐完全不同的是它的中央圓頂形式，巨大的圓頂覆蓋在四個拱台支撐的拱門之上。裝飾著大理石鑲嵌的精細雕刻和各種彩色玻璃嵌成的壁畫。

西元一四五三年，土耳其蘇丹穆罕默德二世親率水陸兩路大軍二十萬人，三百艘戰船攻克君士坦丁堡，改名為伊斯坦布爾。而聖索菲亞大教堂，被改名為阿雅・索菲亞清真寺。

拜占廷滅亡了，但拜占廷式的圓頂依舊不斷地被虔誠的信徒們豎立起來，在莫斯科，在聖彼得堡，也包括我們這座城市。

過去有許多學美術的人在教堂下寫生，他們一個個拿著畫夾，仰著脖子把圓頂畫下來，但他們只能畫一部分，他們的畫是殘缺的。只有在這裡，才能完全欣賞整個圓頂，就像一切都在自己的掌握之中。女孩一邊說，一邊把手伸出窗外，彷彿在撫摸著圓頂上的一層天藍色塗料。

她已經和他很熟了，儘管他很少開口，只是默默地看著她作畫。那是個夏天，她露出了脖子上掛的一串項鏈，項鏈墜子是一個小十字架，骨瘦如柴的耶穌基督正痛苦地釘在十字架上。

這串項鏈彷彿有股魔力，一把就緊緊地拽住了他的目光，讓他喘不過氣來。他回憶起了什麼，回憶起另一個女人和另一串相同的項鏈。這時他感覺到項鏈上那個小人想要個自己說話。十字架上的人雖然表情痛苦，緊閉著雙眼，但那伸開的雙臂卻是一副要擁抱他的姿勢。項鏈墜子在她光澤發亮的胸口肌膚前來回搖晃著，如同一個古老的擺鐘。

對不起，我能看看你的項鏈嗎？他大膽的要求沒有讓女孩吃驚。她非常自然地靠近了他的額頭，伏下脖子，把項鏈晃到了他的面前。

他伸出顫抖的雙手接住了十字架。鐵十字涼涼的感覺滲入了他的指尖，此外還有女孩胸前散發著的特殊味道的汗漬。他居然又大膽地把項鏈拉到了自己的嘴邊，以至於女孩的下巴幾乎就靠在了他頭上。這時他停頓了，女孩也停頓了，也許還包括時間也停頓了。拜占廷式的圓頂正從五百米外透過這幢七樓的窗戶注視著他們，注視著她脖子上，也是在他嘴邊的項鏈和痛苦呻吟的耶穌。

時間停頓的意義在於世界成了身外之物，成為一條一去不返的大河，而有的人則在大河中央的沙洲上與世隔絕著。現在項鏈就成了這座沙洲，沙洲上有一座上帝的伊甸園，伊甸園裡一個關於男人和女人的古老而永恒的故事大家都知道。

於是，這個故事就這樣在十字架項鏈和基督的面前發生了，他們不清楚什麼是誘惑，但他們清楚窗外的大圓頂正擔任見證人的角色。

你有信仰嗎？輪椅上的他似乎並不為剛才時間停頓中所發生的混亂的事情而快樂，他的憂鬱反而因此而加深了。

不，我從不信仰。女孩這樣回答，她好像剛才什麼事也沒發生，繼續完成她的水彩畫，使勁地在調色板上擠著天藍色的染料。而項鏈正握在了輪椅少年的手心裡。

他把項鏈舉到自己的唇邊，耶穌小小的身軀被他灼熱的嘴唇擁吻了。此刻窗外的圓頂彷彿正與他對視著，於是他垂下了頭，把臉埋在膝上。他哭了。

等他哭完，女孩的畫也畫完了。你怎麼了？女孩輕輕地把他的頭抱在自己高聳的胸前。

把項鏈送給我，好嗎？他的懇求讓人想起末日審判。

你喜歡就拿去吧。

他抬起了頭，淚水正逐漸乾涸，他輕聲說，從今以後，請你不要再來了，真對不起，請你原諒。

女孩平靜地看著他，彷彿她永遠都是這個表情。她看了好一會兒，又看了看窗外的圓頂。她什麼話也沒說，輕輕揉著他的臉，然後轉身就走了。

別忘了你的畫。

把畫和項鏈都送給你吧，做個紀念，也許你要在很久以後才會再見到我。

她悄悄地出了門，像一個精靈，一點聲音都沒發出。

她再也沒來過，四年了，只有那幅水彩畫和十字架項鏈，伴隨著輪椅上的他長大成人。房間裡逐漸被夜色籠罩了，他沒開燈，只是讓城市的燈火與星光從窗外稀疏地透進來。被這些光線點亮的只有那雙透明般的眼睛，而殘缺的身體則隱藏在黑夜的帷幕之後。

黑暗中的他，正被窗外的大圓頂那因模糊而更顯得神秘美麗的輪廓喚醒了記憶，引導著他回到了母腹般的狀態。那裡有著一個戴著十字架項鏈的女人，跪倒在一副聖像前，她那麼虔誠，那麼可憐，她在為她的兒子祈禱。為了讓她的兒子站起來，她寧願忍受耶穌式的痛苦。正如耶穌的骨頭被羅馬士兵釘得粉碎，她奉獻了自己的骨頭給兒子。她在十字架上般的苦難中祈禱，懺悔，渴望有救世主來拯救她的兒子。

奇蹟並沒有降臨，也許奇蹟只屬於《新約全書》。她的兒子最終被截肢，永遠失去了膝蓋下的兩條小腿。她也在多年前的一個黃昏，拖著缺少一塊骨頭的身軀，躺進了郊區的一處荒涼的基督徒墓地。在那落葉聚積的地方，十字架墓碑上，刻著她短促的一生，也掛著一串項鏈。

黑暗中的回憶像是一節在隧道中飛馳的列車。四周一片漆黑，只有正面的一小點亮光。列車向亮光疾馳而去，但似乎又永遠到不了盡頭。只有時間的風從耳邊呼嘯而過，正如他徹夜敞開的窗戶，大圓頂模糊的影子由此烙刻在他的視網膜上。直到列車駛出隧道，巨大的光明讓原有的亮光變得一文不值。太陽升起了。

天藍色再加上清晨金色的陽光，被上帝混合在一起，拜占廷式的圓頂彷彿成了調色板，呈現一種神奇的顏色。他不斷想像著，在這個時刻，他想像著神秘的天啟，聖靈會從一個高處不勝寒的地方來敲他的門，抑或是直接從那天藍色與金黃色混合之處破空而來，穿過窗戶直抵他的心窩裡。他說，就像基督最早在加利利海濱收的四門徒那樣，一代代偉大的聖徒，總是出自於不怎麼完美的人。

於是他總是在不斷地等待，等待拯救他的牧羊人，把這只殘缺受傷的羊羔帶進歸宿的羊棧，至少也應帶進大圓頂下那日思夜想的神聖所在。但沒有，正如許多年前，一個女人為了她可憐的兒子所承受的苦難一樣，諸如此類神聖的奇蹟再也不會發生了。聖靈依然遙遠，就連眼前拜占廷式的圓頂也好像回到了君士坦丁堡的聖・索菲亞。只有一個背著畫夾的女孩送給他的十字架項鏈離他如此之近，緊緊貼在心口，胸膛裡一團爐火正溫暖著項鏈上痛苦的耶穌。儘管他曾經在這串項鏈前犯下一個小小的罪過，也許這正是一種贖罪。

在他的樓房與大圓頂之間，正在修築一座大廈。那是一座宏偉的建築，至少從物質角度來看是毫無疑問的。大廈正大口大口地向我們這座大工地般的城市喘著粗氣，他不知道大廈到底有多高，但他明白，大廈將會像一座山峰立在他與拜占廷式的圓頂之間，把他們完全地隔絕。於是，他的恐懼與負罪感也與日俱增。

但他的夢，依然統治著他的夜晚。

他夢見了一個佈道者。

等到夢醒的時候，他的雙眼從虛幻的佈道臺上睜開，發現自己的屋子暗了些。一個巨大的陰影，如一堵沈重的牆，壓在了他身邊的畫上，壓在了他的瞳孔裡。樓前那座宏偉的大廈，已在一夜之間又長高了許多，完全地超過了四周的建築，徹底攔住了他的視線。拜占廷式的大圓頂躲到了這堵大牆之後，彷彿已在另一個世界。

大廈似乎還要不斷長高，正如這座城市。腳手架上許多戴著安全帽的人忙碌著，他們的影子在那高高的地方晃動，給人以臨近天國的感覺，就像許多年前建造那座東正教堂的時候。

他把頭向後一仰，閉上了眼睛，讓大圓頂在黑暗的腦海中出現。他不知道他還怎麼活下去。世界靜止了，一切都土崩瓦解了，眼前這座宏偉的大廈和這座城市的許許多多高大建築，甚至連他自己的大樓，都倒下吧，都像積木一樣四分五裂，化為塵土吧。只剩下美麗的大圓頂，留在空曠死寂的廢墟的中央，完好無損地直到世界末日。同樣，這個願望也永遠都無法被他實現。但世界對他而言，的確是靜止了，正如他對世界那樣。但這時，他的父親回來了。

關於父親，他只知道父親是個畫家，父親一生中最得意的作品叫《母與子》，自然，那是以他和母親作為模特。後來這幅畫參加了展覽，所有的評論家都覺得這幅畫很像聖母瑪麗亞與剛誕生的耶穌，就像《西斯廷的聖母》。氣質簡直就是從文藝復興大師們的原作上遺傳來的一樣。

事實上，父親最擅長的還是臨摹別人的作品。家裡掛滿了臨摹自達文西、拉斐爾、米開朗基羅、喬爾喬涅、提香的畫。父親把《最後的晚餐》中猶大的臉畫得如同一個受賄的國家幹部；把《末日審判》畫得像迎接新世紀；至於他臨摹加工的《睡著的維納斯》，則被美術院的老教授斥之為有傷風化。

幼年的他是在這些畫中度過的，他總是把畫當作真實的世界，油畫布上的少年耶穌是他童年唯一的玩伴。在明與暗，冷色與熱色的對映、衝突中，他留下了對於父親的印象。至於對母親的印象，則是在她祈禱的時候。

但後來，情況發生了變化，當他變成了殘疾，坐上了輪椅，他母親過早地走進了墳墓之後，父親就再也不畫畫了。父親把所有的畫都燒了，甚至包括聖像，都在烈火中化成了一團青煙，飛升到天堂中去陪伴上帝了。父親憤怒地詛咒著基督，詛咒著帶走母親的上帝。最後，父親自私地抬下了輪椅上的兒子，到了另一個遙遠的國度。只有每月寄來的錢，還提醒兒子知道在新大陸有一個父親存在。

父親老了，不再是那個年富力強的畫家，而變成了挺著啤酒肚的平庸商人。他的眼中不再閃爍著自信有力充滿靈感的目光，而是被兩團渾濁的東西所取代。

父親把他帶走了，在一家賓館裡，父親給他裝上了一雙國外最先進、價格最昂貴的假肢，使他又能站起來，慢慢地行走了。

他只是淡淡地說了聲謝謝，讓父親有些失望。這時門開了，走近來一個年輕的女人，一個他極其熟悉的女人。是她，那個背著畫夾到他的窗前畫畫的女孩，和他在十字架項鏈的面前，犯下了一場小小罪過的女孩。他的心頭猛烈地跳動了一下，似乎把胸口的項鏈給彈了起來，但現在，他們都成熟了。

父親向他介紹，這位是父親在上個月新娶的妻子。父親自顧自地對他說，她和我過去一樣，都是畫畫的，她只比你大兩歲，你可以對她直呼其名。

但他和她什麼都沒說，也許她正驚訝於他能站起來了，而他則給了她一個憂傷的微笑。心跳終於平靜了下來，十字架在胸前恢復了沈默，重新開始吧，他輕輕地對她說。父親似乎沒聽清，什麼？

沒有人回答。

他獨自一人去東正教堂，繞過那幢還在不斷成長的大廈，也許不久它就要鋪上玻璃幕牆，以強烈的反光刺激著天藍色的圓頂。

他走上了那條靜逸的小馬路，走路的感覺彷彿是從幼年學步的年代回憶過來的。

那兩條由鋼鐵和密密麻麻的積體電路組成的假腿正安穩地裝在褲子裡，慢慢地將他帶向那扇神秘的大拱門。

他看見大圓頂了，仰視的感覺讓人覺得它與上帝同在。四個小圓頂如同最初的四門徒，虔誠地圍繞著他們的主，聆聽教誨。接著波浪式的小拱頂們和長長的窄窗也在望了，彩色玻璃上並沒有什麼圖案，也難以望到裡面。他終於來到了教堂乳白色的外牆下，伸手小心地撫摸著，然後他轉到了大門口。

黃銅的大門敞開著，他站在大門口的石階上向裡望去，見到的是一張巨大的股市行情顯示幕，一條條紅紅綠綠的文字和曲線正魔術般地變化著。巨大的廳堂裡站著許多人，他們看起來很虔誠，他們也許正為自己的錢袋而祈禱著。還有兩旁分立著的證券公司的交易窗口和電腦，正一個個虎視眈眈地對著他。只有大廳內四根雄偉的立柱，與頭頂上圓形的巨大內頂還帶著神的遺蹟。

他筆直地站在門口，許多人從他身邊擦肩而過，他就像塊渾濁的激流中的礁石一樣保持著姿勢。這時他見到他父親投資的那只股票，正在股票顯示幕中最顯眼的位置紅紅火火，直線上升。他彷彿看到父親正在哪個大戶室裡春風得意馬蹄輕地舉杯相慶。

嘈雜的人聲和混濁的空氣使彩色玻璃中射進來的光線變得晦暗幽遠，更像是一個古羅馬的大門獸場。他退了出來，把背靠在牆上，吐出了長長的一口氣。他感到牆上似乎有只無形的手，將他輕輕推了一把，然後他踱過了馬路。

在教堂的斜對面，他見到了一個十六七歲的女孩，紮著兩條辮子，坐在一張小板凳上，拿著畫夾和鉛筆，正在對天藍色的大圓頂做著素描寫生。她吃力地抬著頭，仔細地觀察那高高在上的圓弧和明暗對比，然後小心地塗抹在畫紙上。

他停了下來，直盯著女孩手中的畫，女孩有些疑惑，問他，什麼事？

不，什麼都沒發生過。他慢慢地回答。

然後，他又用了這句話問了自己一遍：什麼都沒發生過嗎？

拜占廷式的圓頂正莊嚴地看著他。

作者注：這座東正教堂的確切位置在上海新樂路和襄陽路口，幾年前，教堂內部被改為證券公司，今年上半年教堂才被恢復，但依然空關，因為上海幾乎沒有東正教徒。

今夜無人入眠

1

現在是晚上八點，對面一座四十層的寫字樓頂的霓虹燈廣告開始閃爍了起來，那是一個進口化妝品的廣告，一雙女人的性感紅唇在大廈頂上耀眼奪目地忽啟忽合，似乎在俯視著這座城市裡所有的男人，對他們說著什麼吳儂細語。

他看了看那個廣告，有些目眩，他必須每晚都把窗簾拉緊，否則睡在床上一看到這雙嘴唇就會讓他失眠。

現在睡覺是不是太早？不早了，他自問自答，他想到古人們通常在吃完了晚飯之後就要上床的，至於幹什麼就是另外一回事了。他再一次從藥盒裡倒出一粒安眠藥，白色的小藥片在他的手心裡安靜地躺著。他掂了掂，什麼份量都沒有，好像只是一團空氣而已，然後他把這粒空氣一般的藥片吞入了口中。再喝一口熱水，他能感到藥片隨著熱水進入了自己的咽喉，在通過咽喉的瞬間，他才感到了藥片的重量，然後，食道裡一陣溫暖，那是熱水的溫度，藥片像一塊被水沖刷而下的木頭，最終沈沒在了深潭的水底，那就是他的胃。

他長出了一口氣，把百葉窗的葉片封得嚴嚴實實，再把窗簾也拉了起來，這樣，窗外一絲亮光都無法透進房間裡來了。然後他檢查了衛生間和廚房的水龍頭是否有沒有滴水，他必須杜絕一切可能發出聲音的可能。完全確定以後，他關上了臥房的門，還上了鎖，其實這套房子就他一個人住，鎖臥室的門完全是多此一舉，但他卻覺得自己的失眠是因為臥室門沒關緊的原因。最後，他關了燈，小小的臥室裡一片漆黑，他把自己的手指舉到了面前，什麼都看不到，他確信這房間甚至已經足夠用來做沖洗底片的「暗室」了。

極度的寂靜與黑暗中，他上床睡覺了。

他現在仰臥著，臉正對著天花板，雙手放在兩邊，他一直習慣這個姿勢，而不是人們通常所說的臥如弓。他覺得正面仰臥最穩定，身體與床的接觸面最大，不容易移動。而有的人睡著以後就一會兒仰一會兒側，忽左忽右，睡相很難看。但是仰臥也有一個缺點，那就是不自覺地把手放到胸口，這樣就容易做惡夢了，所以，他的夢一直很多，千奇百怪的，大多不是什麼美夢。

他很渴望做夢，甚至渴望做惡夢，最近他常做一個奇怪的夢，但他又記不清到底夢到了什麼。但那個夢遲遲沒有來，他的腦子卻非常清晰，比白天走在大街上還清晰。這時候，他感到自己的胃裡那粒小藥片開始慢慢溶化了，那種細微的感覺，刺激著他的胃壁粘膜上的神經，就像是一塊浸泡在海水中的木頭緩緩地腐爛。小藥片最後變成了一堆粉末，就像被送進焚化爐的屍體在他的胃裡變成輕舞飛揚的骨灰再被灑落到更深一層的海底，被他的腸胃吸收。

安眠藥應該要起作用了，他等待著藥性發作的時刻，就算是這麼睡著了再也不醒來也沒關係。

不知過了多久，他的腦子依然清晰無比，他想讓它癱瘓，立刻停頓，讓自己進入夢鄉。但他所有的努力依然無濟於事，事實是越努力他越睡不著。

睡不著。

他真的睡不著，他感到自己的後背有些熱，滲出了一些汗絲，是安眠藥在起作用嗎？不，煩躁的感覺無法令人安睡。

他開始數數，這是一個簡單的辦法，小時候媽媽教給他的，一旦睡不著覺，就開始數數，通常數到一百就會睡著，因為這時腦子裡全是數位，除此以外其他所有的東西都被排除出腦子，數位是最抽像最簡單的，勾不起人的形象思維，於是人的大腦就在抽象中停止了運作，進入睡眠狀態。

一、二、三、四——數到一百的時候，他的腦子依然清晰，他又從一百數到了一千。然後再倒著數回去，一直數到了負數。還是睡不著。

胃裡突然開始噪動了起來，是那粒被溶解了的小藥片陰魂不散死而復生了？胃裡的大海被掀起了狂滔，他用手捂著肚子，肚子裡刮起了熱帶風暴，他有些噁心，颶風之下豈能安眠？他坐了起來，自己的頭上全是汗水，渾身濕漉漉的，就像從大海裡出來，他從床上起來，終於開了燈，那突如其來的光線讓他的眼睛許久才適應過來。

睡不著。

現在是二十三點。

杜蘭朵。

他的嘴裡忽然念出了這三個字。他想到了那個叫杜蘭朵的人，然後他坐到了電腦面前，打開了螢幕，螢幕裡射出的光線讓他的雙手有些顫抖，他上了線，用無名氏的網名進入了聊天室。

他沒有想到，杜蘭朵居然真的還在，他有些興奮：「你還在線上啊？」

「我剛剛上來。」

「真的？」他不太敢相信，許多人都這麼說，其實早就上線很長時間了。

「真的，實在睡不著，剛剛從床上起來，你呢？」

他猶豫了片刻，最後還是如實說了：「我也是，睡不著。」

「你知道為什麼？」

「我不知道。」

「我知道，因為今夜無人入眠。」

「你說什麼？」他聽不懂她的意思。

「今夜無人入眠。」

「為什麼？」

「你不用問了，無名氏，你叫什麼名字？我是說你真實的姓名。」

「你覺得知道我的真名重要嗎？」他奇怪她怎麼會問這樣的問題。

「很重要。」

「我有權不告訴你。」

「是的，你有這個權利，那麼，見面吧。」

「什麼？」他還沒有這個心理準備。

「我說見面，我和你，兩個人，見個面吧。」

「什麼時候？」見面就見面吧，他也很想知道這個「杜蘭朵」長得什麼樣。

「現在。」

「現在？」

「YES, NOW.」

「開玩笑吧，現在是都快午夜十二點了。」

「不開玩笑，我認真的。」

一聽到女孩子說「認真」兩個字他就有些緊張了，心跳有些加快，額頭無緣無故滲出了一些汗，他慢慢地打字：「為什麼是現在呢？」

「因為現在我睡不著，而你也睡不著，今夜實在太長了。」

他覺得這話有種曖昧的意思，於是真的有些膽怯了，他從來就是一個膽怯的人：

「不，我現在就上床睡覺，我會睡著的。」

「你睡不著，我肯定，你今天晚上不可能睡著，因為——今夜無人入眠。」

「好吧，我相信你。既然睡不著，就見面吧，你說，什麼地方？」他開始有了一些膽量。

「失眠咖啡館，聽說過嗎？」

「好奇怪的名字，沒聽說過。」

「安眠路九十九號。我等你。」

說完，她下線了。真的要去嗎？他有些猶豫，更有些膽怯，他來到窗邊，翻開百頁窗，看到對面大廈上的霓虹燈還在繼續閃爍，他不會讀唇術，但他現在卻似乎能從那雙紅唇的開啟與閉合中讀出一句話——今夜無人入眠。

他關掉了電腦，走出了家門。

2

現在已經過了十二點了，大街上應該空無一人，但他卻發現路上有許多三三兩兩的年輕人，這座城市的夜生活越來越豐富了，誘惑著年輕的心，但卻誘惑不了他的心，他厭惡那些整夜遊蕩的人。這些年輕人越來越多，幾乎是成群結隊了，男男女女都有，發出喧囂的聲音，為了避開他們，他拐進了一條狹窄曲折的小路。

小路靜悄悄的，兩邊是緊閉房門的民宅，這裡的空氣很好，輕輕的風吹過，讓他加快了腳步。他特意看了看頭頂，一輪明月高高的掛著，今天大概是農曆十五了，月亮像一面古老的銅鏡，反射出清冷的月光。走著走著，他又想起了杜蘭朵，她該是怎麼樣的人呢？他在腦子裡勾勒了一個她的形像，漂亮還是平庸？古典還是現代？他想了很久，始終想像不出，腦海只有一個模糊的影子，非常模糊，就像隔著一層紗。也許，也許杜蘭朵根本就不是「她」，而是「他」，誰知道呢，大概只是自己一廂情願地把對方想像成「她」了。

穿過這條小路，安眠路就在眼前了，他從沒來過這裡，只覺得這裡非常安靜，沒有路燈，全靠月光才能看清門牌號碼。終於，他找到了九十九號，失眠咖啡館。

咖啡館不大，「失眠咖啡館」五個歪歪扭扭的字寫在門楣上，門楣很低，進門時需要低頭，咖啡館建得略低於地面，視窗的下沿已經接近外面的人行道了。咖啡館裡不用電燈，全用蠟燭，所以顯得昏暗神秘，音響裡放著某個古典音樂的詠歎調，他不懂音樂，只覺得這旋律和聲音有些耳熟，音響的音量被調得很輕，如絲如縷，要屏著呼吸才能聽清。更重要的是，整個咖啡館裡飄蕩著一種奇怪的香味，雖然很淡，但直衝他的鼻息，讓他的腦子有點昏昏沈沈的。

咖啡館雖然不算大，但位子卻很多，總共有二十幾張桌子，略微顯得有些擁擠，其中有五六張上有人。他在燭光中站了許久，有些不知所措，他的位置上照不到燭光，臉龐籠罩在黑暗中。

「先生？」有人叫了他，是吧台裡面的小姐，吧臺上只有一根蠟燭，顯得更加黑暗，但卻恰到好處地照亮了小姐的臉。她生的還不錯，二十歲左右，個子不高，小巧玲瓏的，給他的印象很好，他不禁多看了她幾眼。她似乎並不介意，繼續問：「先生請問你要什麼？」

他想了好一會兒才回答出來：「對不起，我是來等人的。」

「請問你等的是哪位？」她很殷勤地問道。

他不知道自己該怎樣回答，他慢慢地說：「我不知道那個人的名字，只知道那個人的網名叫杜蘭朵。」

「請問你是無名氏先生嗎？」

她怎麼知道的？難道她就是？他匆匆回答：「是的，是我的網名。」

「先生，請跟我來。」她走出了吧台，向裡走去，他緊緊跟在她後面，由於地方局促，所以他們靠得很近，從後面看，她的身材相當好，是還未完全成熟的那種，就像個女學生。一邊走，他一邊看著咖啡館牆上的裝飾，全是水粉畫，至少他還能分辨出油畫和水粉水彩的區別。畫框裡畫的全都是人們安睡的場景，有全身的，也有半身和只留出一張臉的，有獨自一人的畫，也有畫了一對男女，有的畫是室內的背景，有的則是野外，或者是虛幻的環境。尤其是中間最大的一張，畫著許許多多的人，也許有幾百個人物，全都站立著，在一片空曠的地方，周圍是巍峨的宮殿式的建築，天上掛著一輪圓月。但畫中的人卻都閉著眼睛，不知道他們是睡著了還是醒著，他曾經學過美術的，所以格外多看了幾眼。當他轉過頭來的時候，發現小姐已經把他引到了咖啡館最裡面的一張桌子邊，桌邊坐著一個年輕的女人。

「先生，你要等的人就在這裡，你們慢慢談吧。」小姐轉身又退回吧台去了。

「請坐。」桌子邊的女人對他說，她的聲音非常悅耳，就像是個唱歌的。

他慢慢地坐了下來，桌子上有兩杯咖啡，顯然已經為他準備好了，還有一支白蠟燭，白色的燭光像精靈似的跳躍著，正好照亮她的臉。他仔細地端詳著她，她非常漂亮，是的，就像是在舞臺上見到的那種女人，好像是不食人間煙火的樣子，讓人覺得不真實，特別是照在她臉上的燭火不斷閃爍，讓她的臉時明時暗，給人忽遠忽近，忽隱忽現的感覺。越是這樣，他就越是緊張，許久才開始說話：「你就是杜蘭朵？」

「是。」

「你好，我是無名氏。」

「嗯。」她低頭喝了一口咖啡，然後又對他微微笑了笑，「喝啊，咖啡都快涼了。」

他像是被命令似的喝了一口，還好，不算涼，還熱著。他不懂咖啡的味道，只覺得喝完以後腦子越來越清晰了，恐怕今晚真的睡不著了。

「你真的是睡不著才來這裡和我見面的？」他問杜蘭朵。

「是的，不過不僅僅是我和你睡不著，許多人都睡不著。」

「今夜無人入眠？」他嘗試用她的語氣說話。

「你明白了？」

「對不起，還不明白。」他老實回答。

她又笑了笑：「你總會明白的。」

「別說這個了。」他不想和別人說自己不明白的東西，他又環視了整個咖啡館一圈，人似乎比剛才多了一些，既有一男一女的，也有一個人獨自淺酌的，甚至還有四五個人圍在一起竊竊私語的，全都好像不知疲倦的樣子，與窗外深沈的夜色形成鮮明的對比。他又抬腕看了看錶，都快十二點半了，原來這個城市裡真的有許多人是晝伏夜出的，就像是貓或老鼠那樣的夜行動物，睜著兩隻大大的眼睛，在黑暗中閃著尖利的光。

他的目光又回到了杜蘭朵的臉上，她的臉依然在搖晃的燭光中隱隱約約，但是眼睛卻很清晰，就像這咖啡館裡其他的人。他終於開口問她了：「你常來這裡嗎？」

「不，偶爾來。」

「為什麼這裡叫失眠咖啡館？」

「因為當初開這個咖啡館的人是一個失眠者，他覺得漫漫長夜非常難熬，所以，就開了這個失眠咖啡館，專門為失眠者服務。」

「專門為失眠者服務？」他第一次聽說有這種服務的。

「是的，每天晚上十點鍾開始營業，到第二天清晨六點。這座城市裡許多失眠者就專門慕名而來在此度過漫漫長夜。」

「這麼說，他們都是失眠者？」他指著周圍的人說。

「沒錯，他們都是因為失眠而聚在一起的，他們大多數人原先都素不相識，在這裡卻像最好的朋友那樣無話不談。」

「無話不談？」

「是的，無話不談，現在，你也是失眠者了，你也可以和我無話不談了。」她把臉靠近了他，燭火就在靠近她鼻尖一寸左右的地方跳動著，他幾乎連她臉上的毛細孔都能看清，他不禁下意識地把身體後退了一些。

「那麼，談些什麼呢？」他輕輕地說。

「比如，談今夜的失眠，談你的過去，談你的愛好，談你的名字。」她說話的聲音非常輕柔，和著音響裡發出的女高音的音樂聲，飄飄蕩蕩地鑽進了他的耳朵。而咖啡館裡所瀰漫著的那股奇特香味似乎略微濃郁了些，讓他似乎產生了一種錯覺。

「我的名字？」

「對，就談你的名字吧，你叫什麼？」她又繼續靠近了他，她的眼睛睜得大大的，目光被燭火映成了鮮活的紅色。

「我叫——」他忽然停住了，不知什麼力量使那兩個到了他嘴邊的字又被他嚥了回去，頭疼，頭很疼，突如其來的，讓他想起了什麼，他重新睜大了眼睛說：「我叫無名氏。」

她笑了笑，他能從她的笑中看出她的眼睛裡流出的那種失望，她問他：「為什麼？」

「什麼為什麼？」

「為什麼不說你的真實姓名？你父母給你的名字。」

「因為我害怕。」

「害怕什麼呢？」她步步緊逼。

是啊，害怕什麼呢？他又自己問了自己一遍，不就是自己的名字嗎？他的名字很普通，既不難聽也不拗口，也沒有與眾不同，就像這個城市中許多同齡人的名字那樣，都是父母給的，沒什麼見不得人的，為什麼不告訴她？為什麼不？他一連在心中暗暗問了自己好幾遍，卻沒有答案。絕不是網路的原因，許多網友都知道他的真實名字，他一向不介意的，「無名氏」這個名字也只有在和「杜蘭朵」對話的時候才用。

他回答不出來，只能老實地說：「我也不知道我害怕什麼。」

「今夜我一定要知道你的名字。」她以命令式的語氣對他說。

他有些啞然了，於是，他把目光轉到了吧臺上，立刻，他和那個吧台小姐的目光撞在了一起。原來她一直看著他們這裡，雖然很遠，燭光昏暗，看不清她的臉，但是她的眼睛特別明亮，似乎能說話。

「你在看什麼？」他的杜蘭朵忽然問他。

「沒，沒看什麼。」

「你在看柳兒吧？」她也把頭扭到了那邊。

「她叫柳兒？」

「嗯，你不打自招了。」

他這才感到自己的愚蠢，他傻笑了一下說：「你認識她？」

「對，我認識她，而且，你也認識她。」

「我也認識她？」他有些難以理解，他又把頭扭向了吧台，仔細地端詳著柳兒的臉，柳兒似乎察覺到了，她特意把自己的臉靠近了蠟燭，以便讓他看得更清楚些。他的腦子裡仔細地搜索著，搜索自己的記憶裡究竟有沒有這張臉，有沒有柳兒這個名字。他苦思冥想了片刻，絞盡了腦汁，覺得的確好像有過一個叫柳兒的女子與他認識，大約也確是她那個年齡，也彷彿有這麼一張臉曾經見過，甚至可以說熟悉，似曾相識的感覺。但這一切又好像是從一面斑駁的鏡子裡照出來的，鏽跡斑斑，難以辨認。或許真有過一個叫柳兒的女孩，但他記不清那個女孩長什麼樣了，也好像的確有過一張這樣的臉，但他又實在記不清那張臉的名字叫什麼了，他的記憶有些亂了。

他低下了頭，覺得今夜真的很奇怪，眼前這個叫杜蘭朵的女子究竟是誰？而吧台裡這個叫柳兒的女孩又是誰，自己真的認識她嗎？

杜蘭朵繼續說：「其實，我可以去問柳兒。」

「問她什麼？」

「你真實的名字啊，她認識你，她也知道你的名字。」

他呆了一下，有些不知所措的感覺：「那你為什麼不去問她呢？」

「別人告訴我就沒意思了，我要你親口告訴我。」

「你真奇怪，你是幹什麼的？」他問她。

「我是演員。」

「演員？你是演員？」怪不得她有一種與眾不同的氣質，像是舞臺上那種感覺。

「沒什麼啦，一般的演員，我可不是那種明星。」她淡淡地說。

「你是演什麼的？電影、電視、還是別的什麼？」

「我們是一個獨立的劇團，總共只有十多個人，在全國各地演出，走到哪演到哪，話劇、戲曲、音樂劇，甚至歌劇，只要是在舞臺上的，什麼都演。」

「那你們都去過什麼地方？」他有了些興趣。

「天南地北，最遠是西藏和新疆，我們在塔里木河邊給維吾爾人演過音樂劇，我們和他們語言不通，但音樂都能聽懂。我們還在拉薩演過藏戲，在一位老喇嘛的指導下，在一座喇嘛寺廟前的廣場上，我戴著面具，表演白度母女神。」現在她的表情真的很像寺廟裡的女神。

「你們總在這些地方演嗎？」

「不，城市與鄉村裡都有，但我們一般不去正規的大劇場表演，一般也不做廣告，都是普通的小劇場甚至是學校裡的大教室，更多的時候是露天表演。但人們都喜歡看我們表演，無論是目不識丁的農民還是大學裡的教師，所以，一般來說我們的收入還能維持劇團的開銷。」

「你是女主角？」

「差不多吧，我演過許多角色，各種各樣的，古代的現代的，東方的西方的。」

「你真了不起。」他覺得她突然變得有些不可侵犯。

輕微的音樂聲繼續響著，那女高音唱得沒完沒了，他和她沈默了片刻。直到她突然問他：「現在幾點了？」

他抬腕看了看錶後回答：「快淩晨一點鍾了。」

她會意地點了點頭：「你還有睡意嗎？」

「一點都沒有了。」

「好的，我出去一下，你在這裡坐一會兒吧，還有，這裡的帳我已經結掉了，你慢慢喝吧。」她緩緩站了起來。

「你去哪裡？」

「外面。」她指了指漆黑的窗外。

「外面是哪裡？」他不理解。

「外面就是外面，月亮的底下。」她對我笑了笑，然後離開了這張桌子，他這才看清她穿了一身深藍色的長裙，身段果然是一個舞臺上演員的料子，優雅地走出了咖啡館，消失在茫茫夜色裡。

他一個人坐著，那個叫柳兒的吧台小姐又給他送了一杯咖啡，他乘著這機會又仔細地端詳著柳兒，她的臉被燭光映得紅紅的，他像研究一幅畫一樣研究著她臉上的一些細節，以便能發現一些記憶中的內容。她被看得有些不好意思了，立刻就離開了。她真的認識我嗎？他在心裡對自己說。

3

他又環視了咖啡館一圈，似乎人更多了，不斷有人低著頭從門裡進來，魚貫而入的，居然有了些熱鬧的景像。這個城市裡有這麼多失眠者嗎？他有些奇怪，很快，咖啡館裡所有的位子都被坐滿了，還好，雖然擁擠，但他們都很安靜，保持著秩序與風度。他再好奇地往窗外望瞭望，令他吃驚的是，窗外的人行道路面上有許多人的腳步，一雙雙的皮鞋或運動鞋，男鞋和女鞋，還有童鞋。特別是幾雙紅色的高跟鞋在黑夜裡特別顯眼，那些白色的腳裸就像是精美的石膏雕塑一樣裸露著，在水泥路面上愉快地敲打著，他甚至能想像出那高跟鞋底踩在路面上發出的悅耳的聲音。

他有些驚訝，雖然失眠咖啡館已經坐滿了，但還是不斷有人走進來。有的人看到坐了那麼多人，就失望地搖了搖頭又走了出去，而有的人似乎不以為然，在桌子間尋找熟人，如果找到就和熟人擠在一張椅子上，還有的找不到熟人，乾脆就站在吧台邊喝著咖啡。柳兒的工作看起來越來越忙了，但她好像越忙就越有勁，臉上笑容滿面的，頭上流下了一些汗，沾住了一縷滑落下來的髮絲，顯得別有一番風味。

現在，他的桌子上已經又坐上兩個人了，他不知道杜蘭朵還會不會回來，他沒法拒絕這些人。第一個人是個中年人，穿一身西裝，顯得很熱的樣子，他沒喝咖啡，在喝紅茶。第二個人是個十六七歲的少年，看上去活力十足的，卻乖乖地喝著咖啡。

那個中年人顯得十分健談，一上來就開始和他搭話了：「你是新來的？」

他點了點頭。

中年人繼續說：「我是這兒的常客，今後歡迎常來，時間長了就是朋友了。」

「謝謝，這裡的人怎麼這麼多？」

「是啊，今夜這裡的人比平時多許多，我也搞不懂。」中年人搔了搔頭說。

「你也是失眠者？」他問中年人。

「當然，不然誰會半夜裡跑出來，不過，今天我看到了許多新面孔。」然後，這個中年人問身邊的少年：「你也是第一次來？」

「是的，我也睡不著覺。」

他有些忍不住了，也開口問那少年：「是因為功課太多了？」

「不是。」

「和父母吵架了？」

「也不是，就是睡不著覺，才出來的。我發現馬路上有許多人都向這個方向走來，於是就跟著他們，不知不覺來到了這裡，看到這個咖啡館的名字很有趣就進來了。」

「你父母不管你嗎？」

「他們也睡不著覺，已經比我出門前就出去了。」

中年人插話說：「嗯，也許失眠也有遺傳的。」

「不，他們過去從不失眠的。」少年辯解著。

「還是快點回去睡覺吧，你還小，熬夜對身體沒好處的。」他關切地對少年說。

「是啊，是啊，我女兒今天晚上也睡不著覺，說要一定出來轉轉，我死活不讓她出來，把她反鎖在了家裡，學生可不能逃夜。」中年人也這麼說。

少年搖搖頭：「可是我呆在家裡也照樣睡不著。」

中年人問：「那你過去有過失眠的症狀嗎？」

「從來沒有，過去我每晚睡得都挺好的，今夜是第一次。」

中年人自言自語的說：「怎麼跟我女兒一樣。」

他也問了一句：「那你明天上學怎麼辦？還能有精神嗎？」

少年卻滿不在乎地說：「沒關係，你瞧對面那個邊喝咖啡邊看報紙的禿頭，他是我們校長，他不也在這裡熬夜嗎？」

他把視線移到了對面，果然有個禿頭，戴著金邊的眼鏡，五十多歲的樣子，拿著份報紙，顯得很有文化。

「他真是你的校長？」

「沒錯，還有，坐在他旁邊的是我們教導主任。」

的確有一個身材魁梧的男人坐在禿頭身邊和邊上的人在竊竊私語。當他的目光掃到這張桌子的第三個人的身上的時候，令他大吃了一驚，原來是他們單位的經理，就是和那教導主任說話的那個，他怎麼也在這裡？他又仔細地看了看，沒錯，雖然燭光並不明亮，但是他的臉是絕對不會認錯的，原來經理也失眠了。

他急忙把目光移開，而且把臉側了側，以免讓經理發現他也在這裡。他的心裡暗暗吃驚，怎麼今夜似乎許多人都失眠了，難道真的是杜蘭朵所說的「今夜無人入眠」？他有些鬼鬼祟祟地悄悄巡視了整個咖啡館一圈，仔細地看著每一個能夠被他看清的臉。首先他看到了一個本市的足球隊員的臉，沒錯，肯定是那傢伙，上一輪的比賽裡他還進球呢，原來這人也是個「泡吧」的老手，若是把這個新聞賣給報紙或許能賺點錢。然後，他見到了一個戴著墨鏡的年輕女人，坐得離他很近，他一眼就看出了，她是電視臺的節目主持人，主持一個休閒節目，最近非常紅火的，她似乎是故意不讓人們認出來，獨自喝著咖啡，卻終究逃不過他的眼睛。但他的視線掃到了最靠門的一張桌子的時候，他發現了一張讓他意外到了極點的臉，那張臉也很熟悉，經常在報紙和電視上看到，雖然離得較遠，但是那張平日高高在上的臉讓他太過於敬畏了——市長。是的，他現在發現的是這座城市的市長大人的臉。

市長坐在最靠門的位子上，顯然他屬於來晚了的人，不斷有人低頭從門裡進來，一不小心就會碰到他，但他一點都不介意，只是笑笑，別人居然也沒注意到市長的存在。市長好像是獨自一人，與他同桌的人都沒和他搭話，他一個人喝著咖啡，臉上很安靜，悠然自得的，與平時在電視上看到的作報告的他有些不一樣。

他的腦子有些糊塗了，難道市長也失眠了？也許他們白天工作太忙了？或許是微服私訪探查民情？哪有半夜裡出來暗訪的？他實在想不明白，不敢再看別人了，只能自己悶頭喝著咖啡。

咖啡館裡的人越來越多了，許多人站著喝著咖啡，過道和走廊裡也全擠滿了人，幾乎沒有一點可以活動的空間了。雖然他們都秩序井然，但狹小的空間裡到處都是人們呼出的氣，非常的渾濁，令人窒息的感覺，雖然開著空調，卻一點用都沒有，他的後背流下了許多汗。但人們似乎對此不以為然，對炎熱和渾濁的空氣有著很強的忍耐力，平靜安詳地喝著咖啡或輕聲地談天說地。

忽然之間，在擁擠的咖啡館裡，有人叫了一聲——戲，開始了。

那聲音不太響，但卻非常有穿透力，咖啡館裡所有的人都聽清了，一個男人的聲音，大約四十歲的男人，他沒有看到男人到底是誰，只是從擁擠的人叢裡發出的。

「戲，開始了。」

那個男人又叫了一聲，咖啡館裡所有的聲音都靜了下來，甚至包括音響裡反復播放的女高音。然後，人們放下了手中的杯子，站起來向門外走去，他們走得不緊不慢，雖然擁擠，但卻沒有亂，依此魚貫地走出了咖啡館的門。第一個走出去的，自然就是坐得最靠門的市長，然後在人群中，他看到了他的經理，還有那些熟悉的面孔，最後，是他身邊的中年人和少年，大約十分鐘以後，整個咖啡館裡，只剩下他一個人還坐在自己的位子上。

4

眼前是空空蕩蕩的，一切又恢復了寧靜，地上也很乾淨，所有的桌椅都還在原地，桌上的咖啡杯們還在冒著熱氣，就像是等待著主人的啜飲一樣，燭火也依舊燃著，只是不再搖晃了，總之沒有那種常見的散場後的一片狼籍。剛才的熱鬧與人叢一下子全都消失了，就像從來不曾存在過一樣，一個大房間裡，瞬間空曠起來的感覺其實是很糟糕的。他的心裡就像是被抽走了什麼東西一樣，變得蕩了起來，潮濕而又泥濘，這讓他的心跳加速，他的手有些抖，放下了杯子。再看看窗外的夜色，還是有許多腳步在人行道上匆匆而過，他突然有些害怕。他有了一種被人們拋棄的感覺，他們都走了，卻把他一個人留在了這個失眠咖啡館，就像一隻待宰的羔羊，對自己的命運一無所知。

正當他要站起來的時候，卻發現柳兒已經坐在了他的面前。

「杜蘭朵呢？」他真的有些著急了。

「她出去了，今夜不會再回來了。」她淡淡地回答，她的臉架子比杜蘭朵略小一些，看起來也比杜蘭朵小幾歲。他重新仔細地看著她，現在空曠的咖啡館裡就只有他們兩個人，燭火繼續搖晃著，他的心裡暗暗動了幾下。

「好了，不說她了，說說你吧。」

「我沒什麼可說的。」

「你叫柳兒？是不是？」

「一定是杜蘭朵告訴你的。她還告訴了你什麼？」

「你認識我？」他把頭靠近了她。

她停頓了片刻，然後點了點頭。

「你真的認識我？」他有些不相信。

接著，她立刻就準確地說出了他的真實姓名。

他暗暗吃了一驚：「你認識我，我現在承認了，但我不認識你。」其實他是無法肯定。

「事實是，我認識你，你也認識我。」

「我和你很熟悉嗎？」

「是的，可以說，非常熟悉。」她點了點頭，最後四個字從她的嘴裡慢慢的說出，帶有一些曖昧的口氣，使得燭光的舞動更加婀娜了。

「非常熟悉？」他使勁搖了搖頭，然後問，「我想知道我們兩個是什麼時候認識的？十六歲，還是十八歲？」

「是五歲。」

他懷疑自己是否聽錯了：「柳兒，你說的到底是十五歲還是五歲。」

「不是十五，而是五。」她特意伸出了手掌，把五根手指攤開在他面前。

「你是說我們五歲就認識了？」他接著想當然的說，「然後我們六歲的時候又分開了？」

她搖了搖頭說：「你一定不相信，我們從五歲一直到二十歲都認識，中間從來沒有間斷過，我們之間非常非常熟悉。熟悉到我可以說出你後背上長的那顆痣。」

他不禁嚇了一跳，連這個都讓她知道了，難道？他不敢想了，只能問她：「你是說我們兩個從小就青梅竹馬，兩小無猜？」

「差不多吧。」

「除了青梅竹馬呢？我們還有什麼關係？我是說某種複雜的關係。」他不想把話明說。

「複雜的關係?是的，的確是有過複雜的關係，畢竟我和你太熟了，幾乎天天都能見到，肯定是會產生複雜關係的。」

「嗯，那麼我們之間是否還純潔?我是說，有沒有過分的事情發生過，在你我兩個人之間?」

「過分?不，我們是純潔的，很純很純，這是非常好的事情，越是純潔，就越是永恆不變，你說呢?」

「也許吧。我不知道，可是，我記不清你了，我記不清你的臉，記不清你的名字，記不清你的聲音，記憶裡混混沌沌的，難道，是我失憶了嗎?」他有些痛苦了。

「不，你沒有失憶，你會記起我的，你一定會的。」她向他伸出了手，他抓住了那只白白的手，就像抓住一隻瘦骨嶙峋的小貓。

她的手讓他感到了一種前所未有的東西，他輕輕的說:「我相信你，柳兒。」

柳兒不說話，只是對他會意地微笑著。

他又想起了什麼，繼續問她:「柳兒，杜蘭朵和你很熟嗎?」

「對，就像姐姐和妹妹一樣。」

「那麼，她向你問起過我的真名嗎？」

「沒有。問這個幹什麼？」

「好的，那麼下次如果杜蘭朵向你問起我的名字，那麼請你不要告訴她。」

「為什麼？」

「不為什麼，能答應我嗎？」

柳兒點了點頭，她把眼睛靠近了他，那雙眼睛像無底深淵一樣讓他猜不明白：

「我答應你，無論如何，永遠都不把你的名字說出來，有月亮作證。」

他笑了起來：「這裡看不到月亮。」

「不，我看到了。」她另一隻手的手指指著頭頂。

他仰起了頭，果然看到了月亮，原來失眠咖啡館的天花板是玻璃頂棚做的，可以直接看到夜空，在夜空的中心，他看到月亮正在雲朵中徐徐穿行著。

正當他看得出神的時候，柳兒卻向他笑笑，說：「走吧。」

「去哪裡？」

「戲快開始了，去晚了就來不及了。」

「到底是什麼戲？」他不明白。

「快走吧。」柳兒站了起來，她的手還被他緊緊攥著，於是她用力地把他拖了起來。他沒想到她的力氣那麼大，與她的身軀很不相稱，他跟著她，走出了咖啡館。在出門之前，他又回頭看了失眠咖啡館一眼，空空蕩蕩的桌子，即將熄滅的燭火，還有牆上的畫，畫中那些安睡著的人們平靜的臉龐。

月亮又躲進了雲中，咖啡館外的馬路上，照樣漆黑一片，他費了很大的勁才隱隱約約看出了手錶上的時間，快淩晨兩點了。他能聽到從他和柳兒的身邊有許多急促的腳步聲響起，此起彼伏都朝著同一個方向。柳兒好像對此無動於衷，依舊快步地向前走去，他們的手還拉在一起，否則他們會走散的。月光明亮了一些，他的眼睛也漸漸適應了黑暗，他逐漸看清了一些周圍的人。男男女女的，穿著各種衣服，什麼樣的人都有，他還是無法看清他們的臉和表情，但他們都很安靜，偶爾有人竊竊私語幾聲，低到只有自己能聽清。他也有些害怕，於是對柳兒說：「我們去哪裡？」

柳兒回過頭來向他笑笑，卻不回答，黑暗中她的眼睛閃爍著某些光芒，還是像一隻夜行的小貓。安眠路的盡頭是一個十字路口，她帶著我拐了彎，其他的人們也在這裡拐彎，從路口的其他方向，還有許多人向這裡過來，無數的腳步聲在安靜地夜色中響起，回音繚繞在四周的大樓間，回環而上，似乎飄蕩到了天上。

人越來越多，不時有路邊的大樓把大門打開，湧出幾十個人，形成一股馬路上的人流。人們似乎已經不管什麼交通規則了，大家都走到了馬路的中心，混雜著，穿梭著。黑夜裡，他看不到一輛汽車經過，他想，也許當人失眠的時候，汽車總是在做著好夢。又拐了一個彎，另一支人流匯入了步行的隊伍，現在人們似乎不再拘謹了，他們顯得有些興奮，有的年輕人開始奔跑、追逐、大聲地叫嚷，但大多數人還是保持著秩序。幾個路口以後，他發現馬路上黑壓壓的都是人流，潮水般的向同一個方向奔流而去，就像是節日裡的海洋。路上已經很擁擠了，柳兒緊緊的拉住他的手，握得他的手有些發麻，他們貼得很近，以免被沖散，柳兒一句話都不說，只是在微笑著。

終於，他隨著人流抵達了市中心的廣場了，他驚奇的發現，在這凌晨兩點的時分，這座全市最大的廣場上居然全都是人。他們那一股人流就像是一條大江匯入了大海一樣，衝入了人群中。廣場上所有的照明設施都打開了，燈光通明，照得他的眼睛有些難以適應。在黃色的燈光下，他和柳兒在人群中向前擠去，他看到周圍的人們有各種各樣的表情，他們都似乎在期待著什麼，雖然擁擠，但不亂，都保持著比較好的風度，人擠人的時候也能做到禮讓三先和互相打招呼。而且人們還對女人、小孩和老人特別客氣，主動為他們讓道，所以柳兒走在前面還不太吃力。

他們用了大約十分鐘的時間才擠到廣場的中心，他發現在他的面前出現了一座巨大的舞臺。他很吃驚，因為昨天他路過這裡的時候，還沒有發現這個舞臺，顯然這個臨時舞臺是剛剛搭建的。無數的人群擠在這個舞臺四周，從近到遠，整個廣場上的人們都圍繞著它，直到各條通向廣場的大街小巷，人流還在繼續往這裡湧來。

5

正當他站在舞臺的腳下近距離看著舞臺奇特的佈景時，突然發現手中好像少了什麼東西，柳兒的手，柳兒的手不見了，柳兒不見了，他的手心裡空空如也。他感到自己被什麼重擊了一下，柳兒呢，他大聲的叫嚷了起來，再也顧不得許多了，他四處張望，黑壓壓的人群，黃色的燈光，柳兒的蹤影早被人的海洋吞沒了。他覺得今夜不能失去柳兒，他真的著急了，他真的憤怒了，是誰奪走了他的柳兒？他再次用盡全身的力氣高聲叫了起來，柳—兒—柳—兒，聲音穿透了人群組成的牆，直飛天空，在空中盤旋著，悠遠不絕。

「柳？兒？你叫的到底是柳還是兒？」身邊的一個中年婦女不解地問他。

「是柳兒，她是我最熟悉最親密的朋友，她和我走失了。」剛才叫得太響，他的嗓子有些啞了。

「原來是這樣，她是你愛的人嗎？」婦女又問他。

他看著那個長得像他媽媽的婦女，不知道該怎樣回答才好，因為他到現在依然記不起當年那個青梅竹馬的柳兒，可是，他又覺得柳兒是真實的，好像柳兒確實是他從小到大唯一的愛人。他終於點了點頭。

「小伙子，我來幫你找吧。」中年婦女深呼吸了一口，然後大聲地叫起來：「柳—兒—」

她的聲音更加響亮，是標準的女高音，若是能夠從小接受聲樂訓練，說不定真能做個歌唱家。「柳—兒—」高高地飛上了天空，又以迅疾的速度墜落下來，天女散花一樣散落在廣場上的每一個角落，這回所有的人都聽清了。

旁邊又有人插嘴了：「你在叫什麼？」

中年婦女回答：「我在幫這個小伙子找一個叫柳兒的女孩。」

「噢，我也幫你找吧。」於是，這個人又對著旁邊的一個老人覆述了這句話，老人一聽，立刻來了精神，又對著身後的一個小女孩說了一遍，女孩一聽，緊接著又向身後的人把話傳了下去。就這樣，這句話一個人接一個人地傳了下去，一直傳遍了整個廣場，最後，變成了簡單的幾個字——「柳兒，你在哪裡？」

於是，整個廣場上都響起了這句話——柳兒，你在哪裡？從所有人的嘴裡發出，男人的聲音、女人的聲音，老人的、孩子的，幽雅的、粗俗的，高八度與低八度，就像一首重聲大合唱的歌，如果真要給這首歌起一個名字的話，就叫〈尋找柳兒〉。

他有些不知所措，他沒想到，在這淩晨兩點多，自己的一聲高呼會換來廣場上人們的異口同聲的吶喊，他聽到這些呼喊此起彼伏，就像波浪一樣，卻不知疲倦，一浪又一浪地拍打在小島般的舞臺上，拍打在海岸線般的廣場邊緣，又倒灌進了江河似的街道裡，向整個城市的腹地奔湧而去——柳兒，你在哪裡？

正當這個聲音在這巨大的城市上空環繞的時候，從廣場上的喇叭裡傳出了一個男人的聲音——戲，開始了。

又是這個聲音，轉瞬之間，廣場上的人們立刻鴉雀無聲了，就連他也屏住了呼吸，把目光鎖定在舞臺上。舞臺上打起了一盞巨大的燈，燈光通明地照亮了舞臺的一角，整個廣場都能看清那個耀眼的一角。在這被照亮的一角裡，出現了一個古裝的女人，她頭上帶著高高的珠冠，潔白的長袖飄逸，七彩的裙裾輕舞，從容不迫地向舞臺的中心走去。燈光跟著她，一直到了舞臺正中，那個女人塗著鮮豔的口紅，臉上也抹了一層白白的粉，儘管這樣，他也一眼看出了她是誰——杜蘭朵。

她是杜蘭朵，他的網友杜蘭朵，一個多小時以前還和他在失眠咖啡館裡說話的女人。她很漂亮，雖然那臉上厚厚的化妝掩飾了她真正的美，但這讓她的舞臺氣息更加濃烈了，那種不食人間煙火的味道也更重了，宛如是從天上下來的，是從古代的壁畫裡走出來的。

她在舞臺的中心站立著，看不出什麼表情，只有那雙眼睛在掃視著台下密密麻麻的人群，她好像在尋找什麼，終於，當她的目光與他的目光相撞的時候她停了下來，她看著他，是的，她找到了她所想要找的，她微微點了點頭，誰不知道她是在向誰示意，除了他以外。

音樂響了，很輕的音樂，但卻足夠每個人都聽清了，是民樂的聲音，好像有笛子，還有笙和蕭，就像她穿的衣服。她開始在音樂中歌唱——

今夜無人入眠。
全城難以安眠。
不眠夜，今夜是不眠夜。
誰都無法逃脫失眠。
來吧，全都來到這裡。
來看這場戲。
獻給失眠者。
獻給亙古不變的夜晚。
今夜，我想知道。
你們中的一個人的名字。

他真實的名字。

他，現在就在你們的中間。

他是誰？

他是誰？廣場裡所有的人都和著她富有激情的聲音一同發問。那聲音震耳欲聾，讓他脆弱的神經難以承受。他盯著杜蘭朵的眼睛，但她的眼睛卻不再看他，她看著廣場的遠方，看著這無邊無際的人群，看著這神秘的夜空。

出來吧。

你站出來吧。

說出你的名字。

你會得到回報。

她繼續放聲高歌著，她的嗓音富有磁性，悅耳動聽，說不清那究竟是哪種唱法，總之這歌聲令人陶醉。擴音器使她的聲音傳了很遠，她的目光依然掃視著遠方。他有些害怕了，她是在說他嗎？還是戲中的情節？他想後退，但後面是人與人組成的牆，他一步都動不了，他有一種被囚禁的感覺，束手就擒，無力回天。

今夜無人入眠。
誰來唱這首歌？
誰？誰？誰？
站出來。
站出來吧。
說出你的名字。
唱出你的歌。

唱出你的歌。大家又都一齊高呼，他們都很興奮，他們希望聽到那首歌，他們希望那個人能夠站出來，說出自己的名字，唱出他的歌。他在心裡問自己：什麼歌？他也不知道這是什麼歌，難道真的是該由他來唱？

臺上的杜蘭朵威嚴地看著廣場上的人們，靜靜地等待了幾分鐘，當她看到沒有一個人站出來，於是，她不再唱了，而是在音樂聲中獨白了兩句：

你不說。

有人會說。

音樂瞬間停了下來。接著，他看到舞臺上又亮起了一盞巨大的燈，在燈光下，出現了三個人。旁邊兩個是男人，赤裸著上半身，臉上各自戴著一副「儺」的面具，面目猙獰，張牙舞爪，而且他們的腰間都佩著一把劍。兩人手裡都拿著鐵鏈子，鏈子裡套著一個披頭散髮的女子。女子低著頭，頭髮散亂，看不清她的臉，她穿著一件全身白色的衣服，被兩個男人拖到了舞臺的最前面。

其中的一個從後面拉起了她的頭髮，於是，她的頭被抬了起來。

他驚呆了。

柳兒，那個女子是柳兒，柳兒穿著白色的衣服被鐵鏈子鎖著，正跪在臺上。怎麼是柳兒，原來剛才柳兒不是走丟了，而是被他們擄走了。他在人群的最前面，清楚地看到了舞臺最前面的柳兒的臉，她也許被虐待過，不，要救她下來，要救她。

他剛想衝出去跳上舞臺的時候又停住了，他意識到，現在臺上是在演戲，一切都是一場戲，戲是假的，都是假的而已，柳兒不過是戲中的一個演員而已。他不能衝上去破壞了一場好戲，他為自己的懸崖勒馬而慶幸，繼續站在原地觀看著。

臺上，杜蘭朵走近了柳兒，兩道光束匯合在了一起，更加耀眼奪目，她高聲地問柳兒：「告訴我，那個人的名字。」

柳兒看著她，卻不回答。

杜蘭朵繼續靠近了她，低下了頭，用另一種溫柔的聲音說：「好妹妹柳兒，告訴我，你那青梅竹馬的朋友的名字？」

柳兒笑了笑，終於回答了：「好姐姐杜蘭朵，他的名字叫無名氏。」

他的心裡被什麼揪了一下，瞬間好像被打倒在地的感覺，原來戲中的那個人真的是他自己，而柳兒還在為他保守秘密。

臺上的杜蘭朵繼續追問：「不，柳兒，無名氏是就是沒有名字，他有名字，你知道他的名字，他真實的名字。」

「好姐姐，他真實的名字我當然知道，但是，他不願意把他的名字告訴你，我答應了他，無論如何，不會把他的名字說出口的。」柳兒的回答讓他心裡有一種莫名的感激。

杜蘭朵終於表現出了失望的神色，她搖了搖頭：「難道他的名字那麼重要？」

「是的，因為月亮已經為我作證了，我不能，違背我的諾言。」柳兒微笑著回答。

他不禁又抬頭看了看月亮，月亮已經完全擺脫了雲朵的糾纏，向這座失眠的城市放射出清輝。

「柳兒，你會為他付出代價的。」杜蘭朵狠狠地說：「用刑。」

旁邊的戴面具的男人不知從什麼地方拿出來一副刑具，然後把這東西套在了柳兒的手上，接著，兩男人開始用力地拉起了這東西。他看到柳兒的十指被這東西的竹片擠壓著，扭曲著，變形著，柳兒的雙手在顫抖，她的額頭開始流下汗珠，她的表演太真實了，讓人難以分清真假，以至於台下有幾個善良的人昏了過去。

杜蘭朵在一旁說：「柳兒，你受不了這酷刑的，說吧，說出來吧。」

柳兒流下了眼淚，在強烈的燈光下，那些淚珠晶瑩剔透，而他的眼眶也有些濕潤了。柳兒在極度的痛苦中輕聲說：「放開我，放開我，我說。」台下的他點了點頭，心裡暗暗道：「說吧，柳兒，只要你不承受痛苦，我的名字無關緊要。」

杜蘭朵也點了點頭，說：「放開。」

兩個男人立刻把刑具從柳兒的手上撤了下來，把那根鐵鎖鏈也從她的身上拿走了。

杜蘭朵繼續說：「好妹妹，你終於回心轉意了，說吧。」

此刻，音樂又在廣場上空響起了，柳兒點了點頭，然後說：「姐姐，你聽好了，月亮作證，他的名字是——」

忽然，柳兒飛快地伸出手，從身邊那個男人的劍鞘裡抽出了劍，然後，把劍送進了自己的胸膛。

血流如注。

他驚呆了，他忘記了這是表演，這只是一場戲，他掙脫了人群，跳上了舞臺，他推開那兩個男人，一把抱住了柳兒。那把劍，還插在柳兒的胸口，血還在不斷地往外噴湧，柳兒的表演相當逼真，一動都不動地躺在他的懷抱裡。柳兒的身上都是血，他的身上也都是血，血在舞臺上蔓延著，流到了杜蘭朵的鞋子上。

杜蘭朵的表演也很忘我，她的眼神中充滿了驚訝與痛苦，她看著他和柳兒，接著後退了幾步，不小心摔到了舞臺下面，人們把她攙扶了起來，但她卻衝進了人群中，人們給他讓了一條道，她拼命地跑著，直到跑出廣場，跑進這座城市中的某個盤根錯節的小巷深處。

在舞臺上，那兩個戴著面具的男人已經不見了，聚光燈對準了他和柳兒，柳兒白色的衣服已經被染成了紅色，人們想也許是表演用的紅藥水用得過多了。她的頭髮還是披散著，像瀑布一樣垂下，在他的臂彎裡。

忽然，舞臺上又多了一個人，那個人走到了他和柳兒的身邊，然後，對廣場上的人們緩緩地說——「在此處，作者的心臟停止了跳動。戲，演完了。」

他回過頭來，看清了那個說話人的臉，市長，是我們的市長。市長說完以後，一言不發地走下了舞臺。接著，廣場上所有的人開始散場，來時，像潮水，去時，也像潮水。很快，原先的人山人海已經漸漸地蕭瑟，人們又向著各條街道走去，他們回家了。

十分鐘以後，廣場上已經空無一人了，除了他和柳兒兩個。巨大的燈依然開著，強烈的光圈籠罩著他們，宛如白晝。

既然，戲演完了，那麼，柳兒也該醒來了，他輕輕地叫著柳兒，柳兒卻還是靜靜地躺著。血，不再流了，他輕輕地把插在柳兒胸口上的劍拔了出來，扔在了地上。他繼續喚著柳兒，柳兒還是沈默無語，直到，柳兒火熱的身體漸漸地變涼。

他抬起頭，看了看四周，巨大的廣場上變得死一般寂靜，只有夜風肆無忌憚地在廣場中橫行著，拂過他的臉頰，讓他的身體也一同變冷了。

他依然抱著柳兒，他覺得這只是一場戲，柳兒總會在戲完了之後醒來的，所以，他不擔心，他一點都不害怕，他相信柳兒會回來的。

幾個小時以後，巨大的燈光熄滅了，東方的天空中，開始出現了一些紅色的光芒，半邊的天變成了紫色，天空現在美極了，月亮還繼續掛著，看著他和柳兒。

今夜無人入眠。

他自己又復述了一遍，然後點了點頭，他看著柳兒平靜的臉，他漸漸地開始記起來了。他記得在五歲的時候，有一個叫柳兒的鄰家小女孩，他們從小到大，都在一起，他們共同成長，一起長大，非常熟悉，非常親密，他們有過複雜的關係，但卻保持了純潔的接觸。是的，這一切都是真實的，百分之百真實，他終於記起柳兒了，一點不漏地記起了她。

然後，當東方的太陽即將在樓群中升起以前，他抱起了柳兒，走下了舞臺，他對柳兒說，你總要走下舞臺的。他們向這座城市的深處走去，趕在夜晚被白晝代替之前。

戲，演完了。

黃包車夫與紅頭阿三

下午六點，黃包車夫小蘇北像往常一樣拉著車趕往英租界靠近靜安寺的一條小馬路，去接孫小姐。小蘇北的車行位於華界的老閘北，他小心地避過老閘橋上的紅頭阿三，沿著南京路往西，一溜地小跑，有人叫車，他也一律不予理會，如果放在今天可以投訴他拒載了。

小蘇北今年只有二十歲，兩年前家鄉發大水，他獨自一人來到上海，進了車行拉人力車，上海人稱之為黃包車。小蘇北雖然生得瘦小，兩條腿卻跑得特別快，農村人耐力又足，如果練長跑，保不准就是塊世界冠軍的料。可那年月吃飯是第一大事，扣除他每個月必須上交車行的這個費那個費的，剩下的只夠他一日三餐了。可更要命的是車行不給他發執照牌子，就好像今天ＴＡＸＩ的營運證，沒有這塊牌子，那就是非法營運的黑車。在華界，那些穿著黑皮的警察總是睜一眼閉一眼的，可一進租界，那些紅頭阿三的眼珠子就會圍著你轉。如果給逮住了，劈頭就是一警棍，接下來輕則罰款十個大洋，小蘇北一個月都掙不到這麼多錢，重則把車給扣下，那真是砸了你的飯碗了。

紅頭阿三是上海人對租界裡印度巡捕的稱呼。其實他們只是印度的一種少數民族，叫錫克人，信仰錫克教。每個錫克男子都留長髮，以紅色頭巾纏頭，所以得了這個外號。他們身材魁梧、驍勇好鬥，常被召到英屬殖民地軍隊中服役。除此以外，他們還是最出色的看門人，就像過去中國人在海外無外乎開餐館與洗衣服，印度人在海外就是看大門，直到今天，香港許多摩天大廈仍由這些紅頭阿三把門。上海人一向非常討厭他們，通常他們是英國人的狗腿子。最討厭他們的還是上海的人力車夫們，紅頭阿三與他們的關係，就好像貓和老鼠的關係。

六點半了，南京路上依舊燈紅酒綠，上海的夜生活才剛剛開始。小蘇北來上海兩年了，無數次從南京路上拉著車走過，卻從沒來玩過，他的消費主要是在老北站。過了哈同花園，小蘇北有意無意地往這棟上海最大的豪宅裡望了一眼，但他沒有見到那個猶太人大亨哈同。

再拉一會兒，轉進一條幽靜的馬路的十字路口，就到了孫小姐的公寓了。十字路口上有一個紅頭阿三，但小蘇北並不害怕，因為他們認識，小蘇北向那臉膛黝黑，高鼻深目，身材魁梧的印度人打招呼：「喂，阿甘？」

「小蘇北，儂好。」他居然會說上海話。

小蘇北在孫小姐的門前等了一會兒，孫小姐終於出來了，她穿著一件紅色的旗袍，把她身體的曲線都勾勒了出來。她幽雅地坐上了小蘇北的車，帶著蘇州口音輕輕地說：「小蘇北，還是去老地方，霞飛路一三三八號。」

小蘇北把她拉走了，孫小姐出門的時候還看了那個叫阿甘的紅頭阿三一眼，給了他一個微笑。但今天阿甘卻覺得孫小姐的這個微笑裡總帶著一種淡淡的憂傷。阿甘目送著小蘇北拉著孫小姐遠去，他注意到孫小姐新燙了一個髮型，不是很時髦，但的確很美。

若不是皮膚黑了點，年輕的阿甘其實可算是個美男子，就像過去常在中國放映的那些印度電影裡的男主角。可黝黑的皮膚恰恰能顯出他的男子漢氣概，他高高的鼻樑有些像史瓦辛格，而烏黑烏黑的大眼睛則酷似亞蘭德隆。在印度人中，他也算是特別聰明的，英文說得很棒，到中國沒幾年，連上海話都會說了。他在這個十字路口站崗已經有兩年了，既是交通警，又是巡警。所以，他和孫小姐也已經很熟了。

阿甘第一次見到小蘇北是在一年前，小蘇北拉著孫小姐回家，阿甘一眼就看出小蘇北是沒有牌照的。雖然他不像別的紅頭阿三那樣兇狠，但還是攔住了黃包車。小蘇北見了他，腿都發軟了。可這時候孫小姐卻說：「阿甘，算了吧，他也不容易。」

孫小姐的話就像是一盆清水，一下子澆滅了阿甘所有的火氣，阿甘笑了笑，就放過小蘇北了。後來小蘇北每次來，阿甘都只當沒看見，最後竟似乎有跟小蘇北交上朋友的感覺。阿甘要下班了，他又想起了孫小姐，不禁輕歎了一口氣。

每次拉孫小姐的車，小蘇北總是能賣出十二分的力氣，其實孫小姐的身體保養地很好，可以說是魔鬼身材，拉起來很輕鬆。不像有些大腹便便的外國老闆，有汽車不坐，偏偏要坐人力車，想見識一下中國的風情，卻苦了瘦小乾巴的小蘇北，拉著這二百斤的一團肥肉滿上海地亂轉，還要躲避隨時可能出現的紅頭阿三。

小蘇北的額頭漸漸沁出了一些汗珠，「累了吧？」孫小姐在後頭說，她輕輕地拿出一塊手帕遞給了他。小蘇北接過手帕，一種誘人的香味灌入了他的氣管，給拉車的遞手帕，全上海恐怕只有孫小姐做得出。「孫小姐，你真好。」小蘇北一隻手繼續拉著車，另一隻手小心地擦了擦汗，手帕細膩的纖維觸摸著他的皮膚，讓他臉頰上一陣發紅。

拐進了法租界的霞飛路，就再也用不著擔心紅頭阿三的出現了。霞飛路也就是今天的淮海路，東段一直是全國有名的商業街，而西段至今仍是上海的高尚住宅區。這時，小蘇北突然感到車子顫動了起來，於是他回過頭去，發現孫小姐渾身發著抖，在用另一張手帕擦著眼淚。

「怎麼了？孫小姐。」

「沒事，小蘇北，真的沒事。」

「昨天在路上你也這樣，為什麼？」

孫小姐卻答非所問地說：「小蘇北，如果我賺夠了錢，一定雇你做我的車夫，好不好？」

「那太好了。」小蘇北做夢都盼著這一天。

「還有，我還要雇阿甘給我看門。」她不哭了。

阿甘下班了，他回到巡捕房的宿舍。吃完了飯，先做禱告，然後就躺在了床上。他的床頭有兩張照片，一張是他在印度旁遮普老家的妻子和兩個兒子的合影，另一張是孫小姐。

所有的紅頭阿三都是虔誠的錫克教徒，阿甘也是。他不停地在心中做著祈禱和懺悔，但腦海裡卻始終抹不去那個人。他每天在六點多臨下班的時候，就會看見小蘇北拉著車來接孫小姐，而第二天的早上六點多，他上班的時候又會看到小蘇北拉著孫小姐回來。他早就明白孫小姐的職業了，這種職業讓他噁心。在上海有許多這樣的女人，他見過許多，但他實在又不敢對孫小姐有什麼看法，因為她實在不像那種女人。

這條幽靜的馬路，通常讓阿甘在上班時閑著沒事做，他就悄悄地觀察著孫小姐的公寓。

由於孫小姐這種晚出早歸的工作時間，使她每天上午總是窗門緊鎖不見人影。通常要到午後才能見到她，她會在二樓臨街的曬臺上吃一頓簡單的中飯。吃過午飯，她就在曬臺上的一張大遮陽傘下聽留聲機放出來的音樂。這時站在馬路上的阿甘就會聽到從孫小姐身邊傳來的那首《我愛夜來香》。對於篤信宗教的紅頭阿三們而言，這種歌曲可以說是魔鬼的靡靡之音。可阿甘不這麼認為，他總是傻傻地抬著頭，看著孫小姐，沈浸在音樂聲中。此刻僥倖路過的黃包車夫總是會對這個紅頭阿三投來蔑視的目光。有時候，孫小姐的視線也會掃到馬路上，就會和阿甘的目光撞到一起。孫小姐會賜予這個漂亮的印度小伙子一個微笑，阿甘卻不敢笑，肌肉僵硬地咧一咧嘴。於是孫小姐就會和他聊上幾句，她的聲音像手指一樣撥動著阿甘的心。

也常有許多小流氓來騷擾像孫小姐這樣的單身女人，每一次阿甘都會挺身而出趕走他們，有一回阿甘甚至在孫小姐的樓下站了一整夜，幫她逮住了一個經常到她家偷東西的賊。孫小姐對此總是感激不盡，有時還會送給阿甘兩張電影票，可阿甘從未敢去看過電影。

最近幾天，阿甘發現孫小姐似乎有些反常，每次早上回家步履總是很慢，有一回差點跌到，還是阿甘扶了她一把。阿甘扶著她柔軟的腰肢和手臂，心頭狂跳不已，他明白自己犯戒了。孫小姐謝過了他，臉上面無血色地走進了家。

阿甘胡思亂想了一夜，也祈禱了一夜，但沒有用，直到很晚他才睡著，他夢見自己被一根繩子勒住了脖子，被高高地吊起，許多人看著他，其中一個是小蘇北，他在臨近斷氣前用目光搜尋著孫小姐，但始終沒有，直到他從惡夢中醒來。

小蘇北拉著孫小姐到了霞飛路一三三八號，這是連著第七天到這個地方。是一座高大華麗的洋房，據說住著一個跺一跺腳能讓上海灘發抖的英國大老闆。孫小姐下車了，下車的時候又明顯顫抖起來了，按說她在上海的風月場上已經很有經驗了，卻有些神情恍惚。但小蘇北沒看出來，小蘇北只注意到她在下車時大腿上露出來的一塊大大的淤斑，紫紅色的，像一朵美麗的花，他看得出那是新近才受的傷。

「孫小姐，今天我們還是回去吧。」

「好的，——不，不能回去。」小蘇北發現她第一次如此緊張。她又恢復了過來，「小蘇北，老樣子，明天早上六點你來這裡接我。」然後她拿出一把大洋都塞在了小蘇北手裡，小蘇北從沒見過那麼多的錢，一時手足無措。

「孫小姐，用不著那麼多。」

「再見，快回家吧，我的客人等得不耐煩了。」她急匆匆地跑進了洋房。一個僕人給她開了門，然後立刻「砰！」的一聲把門關緊了。

小蘇北拉著車回車行，卻發現從法租界通往英美公共租界的每一個路口都站了一個紅頭阿三，完了，他必須繞遠路了。於是，他又回到了霞飛路一三三八號門口，但他想起了什麼，於是他就坐在那棟洋房的馬路對面，從懷中取出了那塊孫小姐給他的手帕。手帕上的香味經久不散，讓小蘇北有些想入非非，但他立刻又讓自己清醒了回來。他看著那棟豪華的洋房，他不懂什麼是法國式的屋頂，但那一塊塊紅磚的確與英租界有很大區別。

時間一分一秒地過去，他卻不願意走，從懷中掏出了半塊發硬的饅頭墊了墊饑。不知到幾點了，洋房裡所有的燈光都滅了，只剩下最上一層的一扇窗戶裡還透出些光亮。在那光亮中，小蘇北能依稀看出兩個人影，一個男人，一個女人。那女人的背影他很熟悉。影子在雜亂無章地晃動著，像兩個野獸。小蘇北低下了頭，他居然想哭了。

第一次見到孫小姐是在一年前的國際飯店門口，清晨六點，小蘇北沒有生意，他抬頭仰望著這棟當時的遠東第一高樓。一個豔若桃李的女人的出現了，她就是孫小姐，她滿臉倦容地從國際飯店裡走了出來。叫上了小蘇北的車，把她帶回了家，在她的公寓門口，小蘇北認識了紅頭阿三阿甘。這天傍晚六點多，小蘇北拉著一個客人又到了阿甘的十字路口，剛下客，孫小姐就從公寓裡出來了，她說怎麼這麼巧，於是又坐上小蘇北的車去了老西門的一戶人家。

在車上，她對小蘇北說，既然我們很有緣分，明天一早你就到老西門的這裡來接我回去吧。

於是，小蘇北就和孫小姐說好了，每天晚上六點來接她，次日一早再帶她回家。一開始，小蘇北還很疑惑為什麼這個漂亮女人要晚上出門，早上回家，後來經車行裡的老師傅一點撥才明白了是怎麼回事。小蘇北實在不明白天底下居然還有幹這一行的，就有了些瞧不起孫小姐的意思，可孫小姐待他真的很不錯，就像姐姐待弟弟那樣。再加上小蘇北在上海混得久了，這類女人見得也多了，像孫小姐這樣的待他好的，倒是只有她一個。若換了別的濃妝豔抹的女人，總是把拉車的當馬來使喚。而黃包車夫們也都暗暗地在心中罵著這類女人——婊子。

月亮已升到頭頂了，西段的霞飛路上沒什麼人，只有一個年輕的黃包車夫和他的車。小蘇北忍不住又向對面樓上的那扇窗望了一眼，鬼魅般的影子還在晃動著。小蘇北把頭埋在膝蓋中，昏昏沈沈地睡著了。

不知過了多久，一陣慘叫聲把他驚醒了。是女人的慘叫，這聲音聲嘶力竭，充滿著恐懼，迴盪在深夜的霞飛路上，把小蘇北的心全都給揪了起來，揪到很高很高的天上，再拋下去。

他突然覺得這整條霞飛路每一座豪宅都像是妖魔鬼怪的洞窟，佈滿了邪惡，彷彿要把他給吃了。

小蘇北睡意全消，他的手心裡全是汗，站起來走動著，等待天明的到來。可天亮地卻特別慢，月亮繼續高高地掛著，偶爾有幾輛黑色的福特驕車從霞飛路上駛過。對面的燈還亮著，他們在幹什麼？小蘇北有些痛苦，但他無能為力。

東方開始有了些白色，小蘇北焦急地等待著，他不知道時間，他趴在洋房前的鐵欄上向裡張望。突然門打開了，一個穿旗袍的女人罩著一塊頭巾，蒙著臉，跌跌撞撞地衝出了門，門裡一個家僕樣子的人在後面輕蔑地說了句：「賤貨。」

小蘇北聽見了，他真想衝上去揍那個傢伙。但孫小姐到了他的面前，他看不到她的臉，一把扶住了她，她渾身無力地靠在小蘇北身上，一句話也沒說。他能感覺到孫小姐渾身在顫抖，他輕輕地把她扶上了車，把她拉了回去。

回到靜安寺邊的那條十字路口，阿甘正好上班，他看見小蘇北把孫小姐拉回來了，但感覺總是不對，他跑上去和小蘇北一起把孫小姐扶下來。他們要把她送進門去，孫小姐說話了：

「不，我自己能行，你們回去吧。」她的話很輕，氣若游絲地。她很堅強地站直了身子，頭巾中只露出一雙憂傷的眼睛，走進公寓，關上了門。

小蘇北哭了，他不願讓紅頭阿三看到自己的眼淚，慌忙地拉著車走了。阿甘則怔怔地站著，整個上午，他沒什麼心思，徘徊在孫小姐的門前，望著她拉起的窗簾。午後，他沒有見到曬臺上有人，下午，依舊不見孫小姐的人影。阿甘的心裡亂極了。忽然，他聽到了留聲機的聲音從孫小姐的窗戶裡傳出，這讓他略微放心了一些。午後的陽光像劍一樣射到了阿甘身上，他像個木頭人似地在留聲機放出的旋律中一動不動的。這陽光突然泛出了紅色，就像血的顏色，讓阿甘有一種嗜血的感覺。

他的煩躁不安又折磨著他了，他再也無法忍耐了，他翻過了牆，跳進了孫小姐的公寓。

打開門，衝了進去，客廳裡沒有人，陽光把他的影子拉得長長的，像個印度僵屍。阿甘遁著留聲機的生意，跑上了二樓，每一步都讓他發抖。他顫慄的手打開了孫小姐臥室的房門。他見到了孫小姐。

孫小姐躺在床上，但他一開始不能確定這就是孫小姐，因為阿甘現在看到的這張孫小姐的臉他已不再認得。這是一張被摧殘過的臉，被一個殘忍的男人摧殘過的，儘管這張臉在昨天還足以沈魚落雁。如血的陽光灑在她可怕的臉上，但是她的表情還是如此安詳，從容不迫。

她穿著那件紅色的旗袍躺著，她的右手放在心口，左手垂下了床。在左手手腕上有一道長長的傷口，傷口切得很深，皮和肉都翻了出來，紅色的肉向外翻湧著，就像是她性感的紅唇，迷倒了這個城市中的許多男人。從深深的傷口中，動脈隱約可見，一道血正汨汨地向外流著，血順著她五根纖細的手指，像蔻丹似地塗滿了指甲。血流到了地上，已經有一大灘了，就想浴缸裡的水。一地的暗紅色，被陽光灑上一層奪目的光彩。阿甘彷彿見到孫小姐的生命也隨著血流到了地上，被陽光攝去了。

留聲機中發出的音樂繼續充滿著整個房間。

阿甘摸了摸孫小姐的脈搏，然後痛苦地抱著頭。這時他見到了桌上堆著十根金條，金條邊有一張紙，阿甘認識漢字，紙上寫著孫小姐最後的字為「給小蘇北和阿甘」。

阿甘明白，這十根金條是孫小姐一生的積蓄，是她用自己的身體換來的。

阿甘癱軟下來了，陽光像劍一樣，刺破了他的靈魂。

小蘇北在六點半的時候準時到了孫小姐家門口，卻發現她的門口貼著巡捕房的封條。他迷惑地站著，直到他看見阿甘拎著一個沈甸甸的包袱向他走來。

小蘇北發現阿甘的臉被血色的夕陽塗滿了。

於是，孫小姐送給他的那塊手帕也落到了夕陽中。

一個月後的上海著名的英文報紙《字林西報》上記載著這樣一條英語新聞，現翻譯如下：

【本報訊】昨日霞飛路一三三八號的一棟豪宅內發生一起兇殺案。英國克來福公司董事長布朗先生在自己的家中遇害，身上發現二十七處刀傷。兩名兇手已被當場緝拿，其中一名華人，二十歲，以拉黃包車為業，另一名印度人，二十三歲，供職於英租界巡捕房。兩名兇手行兇的原因不明。另據消息靈通人士透露，布朗先生生前有性虐待的僻好，經常召妓，並施以毆打，乃至將其毀容。

小蘇北由法租界的刑事法庭審判，判處死刑，於一九三五年七月十四日，也就是法國的國慶日被正式處死。

那天陽光明媚，萬里無雲，小蘇北面對著一排黑洞洞的槍口，卻一點也不害怕。他打量著法國軍官漂亮的軍服，仔細地琢磨著軍官的那頂帽子，他想提醒軍官，你的帽子戴歪了。

他剛要開口，槍響了，六顆子彈灌進了他的胸膛。

阿甘由英租界的軍事法庭審判，判處無期徒刑。被流放於印度洋上的安達曼群島。一直關到印度獨立，阿甘才被大赦放了出來。

阿甘很幸福，壽命很長，而且子孫滿堂，直活到二〇〇〇年，八十八歲的阿甘窮其一生的積蓄來到中國的上海。他發現這座城市與六十多年前相比已有了巨大的變化。在他當年站崗的十字路口上一個年輕的交通警察正在向一輛違章的計程車開罰單。孫小姐的公寓早就被拆除了，建起了一座三十層的高樓。而當年的霞飛路一三三八號的那棟發生過命案的洋房依然活著。

年邁的阿甘又來到了上海西郊的一座荒涼的小花園中，六十多年了，這個小花園什麼也沒變。他借了把鐵鏟，拼盡最後一點力氣，在一株與他一樣老的大樹下挖了起來，不一會兒，他挖出了一個包袱。他打開包袱，裡面是十根金條。

一九三五年五月二十七日，就在這個花園裡，小蘇北和阿甘一起，把這十根孫小姐留給他們的金條埋進了大樹下。

那個夜晚，小蘇北對阿甘說：「我們兩個，如果誰能活下來，這十根金條就歸誰。」

天空中烏雲掩蓋著月光，黑漆漆的夜色中，兩把刀子的寒光照著他們的臉。

阿甘帶著十根金條，在上海到處尋找小蘇北和孫小姐的墓，但他始終都沒有找到。但他最後竟奇蹟般地找到了小蘇北的哥哥的後人，他伸出顫抖的手把五根金條交給了他們。

在回國前的那天，他來到黃浦江邊，外灘的大樓讓他很容易地就想起了往事。黃浦江水滔滔不絕地向長江口流去，在江水中，滿頭白髮的阿甘彷彿看見了十字路口那個英俊的印度巡捕，那個年輕的黃包車夫，還有，孫小姐的臉。

然後，阿甘把剩下的五根金條全都扔進了黃浦江裡。

殺人牆

來自遙遠的北國的寒風越過長江的江面，向古老的南京襲來，刀一般的北風刮過路上行人們的臉頰，所有的人都行色匆匆地走過。羅周站在寒風裡，風吹亂了他的頭髮，面向著北風，他的眼睛被迫微微地瞇起，看著這座六朝古都的遠方。他真希望能夠下一場雪，一場久違了的雪，有雪才是真正的冬天，儘管他明白，冬天象徵著死亡。

南京的冬天，空氣裡瀰漫著一股濕氣，誰都說不清這股濕氣是從哪裡來的，這氣息滲入了羅周的身體，滲入了每座建築物，每一棵樹，每一棵草。羅周覺得，這濕氣來自於地下。他打了幾個哆嗦，終於離開了風口，向廠子裡走去。

這是一家看上去非常老舊的工廠，就像現在中國大多數的國有企業一樣，不斷地在困境中掙扎著。現在羅周明白，這家工廠的命運已經到頭了，廠裡已經拖欠了幾個月的工資，欠了一屁股帳的廠長不知道跑到哪裡去了，廠子已經宣佈破產了，這塊地已經被賣掉了，再用不了幾天，這家廠就要被推土機夷為平地。偌大的廠區裡沒有多少人，到處都是一片死氣沈沈的，這樣的寂靜讓羅周有些悵然若失。忽然，一陣刺耳的救護車的聲音響起，羅周看到一輛救護車開進了廠區，發生了什麼事？他快步地跟在救護車後面，跑了不多遠，車子停了下來，幾個白大褂的男人從車上走下來，他們奔進了一棟破舊的小樓。羅周停在樓前，他知道這棟樓裡沒有人，只有一間供晚上值夜班的人休息的值班室。

很快，幾個穿白大褂的男人從樓裡出來了，他們幾個人合力架著老李往外拖。而老李的嘴裡高聲地叫著：「殺人了——殺人了——鬼在殺人——殺人——」

老李尖利的聲音劃破了寂靜的廠區，這聲音是如此刺耳，讓羅周聽著心裡一陣狂跳。這是怎麼回事？老李平時是一個非常和善的人，性格內向且溫和，話也不多，從來沒有像現在這樣失態過。老李就像發瘋了一樣，在幾個強壯的男人的手中不斷地掙紮著，他的眼睛通紅，脖子梗直著，頭髮幾乎都豎直了起來，兩手兩腳亂蹬亂踢著。

可以看到旁邊幾個男人的臉上已經有了好幾塊剛剛出現的傷痕和血跡，他們顯然是費了九牛二虎之力才制服了瘦小的老李的。

「他怎麼了？」當他們走過羅周的身邊的時候，羅周不解地問著。

「你們廠報案，這裡有人發了神經病，果然發得不輕，哎呦——」穿白大褂的男人又被老李踹了一腳。

老李看到了羅周，他的眼睛瞪大了對著羅周說：「他們在殺人——鬼在殺人——」但是，老李立刻就說不出話了，他的嗓子似乎已經喊啞，儘管他依舊在掙扎著。穿白大褂的把他拖到了救護車上，然後，發動了車子，揚長而去，這個時候羅周才注意到了救護車上印著的單位名稱——精神病院。

羅周總是覺得今天早上有些奇怪，空氣裡瀰漫著一股特殊的氣息，他猛地搖搖頭，耳邊卻彷彿依然充滿了老李的話，鬼在殺人？也許老李真的瘋了。忽然，他見到了老張匆忙地走來，羅周向他打聽老李的情況。老張說：「精神病院的人，就是我打電話把他們請來的。昨天晚上，老李值夜班，不知道發生了什麼事情，今天早上就變得瘋瘋顛顛的。我見到他的時候，他緊緊地抓著我，對我說了一通莫名其妙的話。」

「他說什麼？」

「我聽不明白，好像是在說殺人，聽起來挺可怕的，他說他在值班室後面的那堵牆下面看到了鬼，鬼在殺人。真是荒誕不經，他簡直是瘋了，哎，他這個人也挺可憐的，苦了一輩子，最後進了精神病院了。」老張說著說著，表情還有些驚恐。

「是啊。」

「不過——」老張也是老職工了，已經在這裡工作了三十幾年，他忽然欲言又止。

「不過什麼？」

「過去，這裡也曾經發生過類似的事情。有的人在值夜班以後，就莫名其妙地瘋了，瘋了的人，都說自己看到了鬼，或者是看到非常可怕的場面。曾經有人來調查過，但沒有任何結果。」老張壓低了聲音說。

「你是說——鬧鬼？」

「誰知道呢，就當我沒說，我先走了。」老張不敢多呆，他匆忙地離開了這裡。

羅周看著老張遠去的背影，仔細地想著他的話，想著想著，不禁有些毛骨悚然起來。他從來不相信這世界上是有鬼魂的，但老李確實瘋了，他看到了什麼？小樓前空空蕩蕩的，羅周的影子在冬天的日頭下消長著，那影子在地面上延伸，隨著他的走動而搖晃著，如同一個黑色的幽靈。他離開了這裡，轉到了小樓的後面，在樓的後面，他見到了那堵黑色的圍牆。

在冬日的陽光下，那堵黑色的牆靜靜地矗立著，牆面穩重而厚實，看上去又高又大，像一座黑色的山崖。那堵牆很長，至少有五十多米，在牆兩端的盡頭，則是通常所能見到的那種表面砌著白色水泥的磚牆，與眼前這堵黑色的牆形成了鮮明的反差和對比。羅周靜靜地看著這堵牆，牆腳下是一片開闊地，看起來至少能容納幾百人，地上什麼都沒有，只是一片白地，寸草不生，如同一片沒有生命的荒原。他看著這堵牆，忽然心裡有些不舒服，瞬間，這堵牆給他的視覺的衝擊讓他難以忍受，他的呼吸有些急促，只能後退了幾步。

風繼續吹。羅周忽然產生一種感覺，他覺得眼前這堵黑牆會忽然倒下來，向他壓來，把他壓成一堆肉漿。他明知那只是他的幻覺而已，但這感覺卻很真實，這讓他有些擔心，自己會不會和老李一樣發瘋？他不像再看了，他一陣顫抖，不知道是因為寒冷，還是別的什麼原因，這堵有著什麼魔力的牆依舊牢牢地立在他眼前。黑色的牆面很光滑，像一張沈默的臉，似乎在向他訴說著什麼。不，羅周搖了搖頭，他閉起了眼睛，迅速地轉身離開了這裡。

剛走了幾步，他看到了一個穿著黑色風衣的人站在小樓邊，也在觀察著那堵牆。

羅周仔細地看著他，那張臉很陌生，羅周在腦海裡努力地搜索著，他終於想了起來，一個月前，一些日本人坐在黑色的豐田轎車裡來到了這家廠。他們參觀了整個工廠，還特地來到這裡來看了看，這讓許多人感到費解，日本人為什麼會對這鬼地方感興趣？

還是羅周陪同著日本人轉了好幾天，雖然這些日本人對中國人確實非常禮貌和客氣，可羅周還是天然地不想和他們多接近。此刻，眼前的這個人，就是那些日本人的其中之一。

當羅周走過他身邊的時候，那人立刻對羅周笑了笑，微微地鞠了一個躬，嘴角掠過一絲奇怪的東西。羅周停了下來，在凜冽的北風裡，他的目光一下子變得銳利了起來，兩個人的眼睛對視著，似乎在進行著某種對峙。最後，日本人卻步了，他後退了幾步，在他的身後，停著一輛日產麵包車，車門打開了，裡面似乎有好幾個日本人，他上了車，然後車子開動了。

那個日本人上車前最後看他的一眼讓羅周有些困惑。他們到這裡來幹什麼？這個廠對他們來說毫無用處，反而是一個負擔，但他們卻斥鉅資買下了這塊地和所有的廠房，但直到現在，也沒有人知道日本人買下這塊地到底派什麼用處。也許全世界的人都瘋了，羅周暗暗地咒罵了一句。

廠區裡一片蕭條，羅周晃悠了一整天，漸漸地，天色暗了，北風更加肆虐地呼嘯而過。他沒有回家，因為今天是他值夜班。草草吃過晚飯以後，羅周走進了小樓裡的值班室，昨天晚上，老李就在這間房間裡過的夜，而第二天一早，老李就被送進了精神病院。羅周想著這些，心裡忽然一陣莫名其妙地顫抖，他並不是一個膽小的人，但他的耳邊卻時常響起老李的瘋言瘋語，整整一天，這奇怪的聲音一直糾纏著他。羅周坐在值班室裡，看著值班室窗外的夜色，此刻已經一片黑暗了，天空中既沒有月亮也沒有星星，只有呼嘯著的風。他看著窗外，腦子裡忽然不由自主地冒出了一句話——

月黑風高殺人夜。

羅周再也不願意想了，他寧可相信老李的發瘋就是因為胡思亂想導致的，其實什麼事都沒有發生過，全是來自於人自身的臆想。通常，人總是被自己嚇死的，喜歡看史蒂芬・金小說的羅周這樣對自己說。他用自己帶來的被子裹著身體，躺在了值班室的床上，還好，房間裡有暖氣，他並不覺得冷。

關燈之後，房間裡陷入了黑暗中，黑得就像是墳墓。羅周閉上眼睛，忽然覺得自己不是躺在床上，而是躺在棺材裡。過了很久，他一直都睡著，他總是覺得窗外有什麼聲音，那也許是風吹動了窗外的頂蓬。那聲音就像是在敲一面戰鼓，雖然沈悶，但卻傳得很遠，尤其借著風勢。

在窗外呼嘯的風聲裡，羅周一直難以入眠，他的耳邊忽然又響起了老李的聲音：

「他們在殺人——鬼在殺人——」

「不。」羅周無法控制住自己了，他大叫了一聲，坐了起來。睜開眼睛，窗外依舊黑濛濛地一片，耳邊是北風的聲音，他忽然發覺自己的後背已經沁出了一些汗珠。

他再也睡不下去了，他掀掉了被子，穿上外衣，走出了值班室。

現在去哪裡？羅周自己也說不清楚。他只是再也無法在值班室裡待下去了，他的腳步在空曠的走廊裡響起，不斷地傳出奇怪的回聲。走廊裡沒有燈，他就像是一個瞎子一樣摸索著走到了小樓的門口，他走到了樓外。

風，來自北國的風瞬間吹亂了他的頭髮，他的身體在風中瑟瑟發抖，似乎隨時都會被大風卷走。他本可以走出廠區，到馬路上轉轉，那邊應該還有一些人影，可以打發時光。可是他沒有，他向另一個方向走去，他轉向了小樓的後面，儘管他知道，在小樓的後面，有一堵黑色的牆。

去那兒幹嘛？他有些莫名其妙，雖然他告誡著自己不要去那地方，但好像腳已經不再長在自己身上，自動地向那裡走去。羅周豎起了衣領，在寒風裡不斷地哈著熱氣，搓著雙手的手掌。

轉過一個彎，忽然，他看到了一片光亮，這讓他一直在黑暗中觀察四周的眼睛有些難以適應。他眯起了眼睛，用雙手揉著，過了片刻之後才看清楚了。

在那片白色的燈光裡，羅周終於看到了——鬼。

鬼，就在那堵黑色的大牆下。

此刻，在這寒冷徹骨的黑夜裡，這道白色的光線照耀著這片空地，而眼前這堵黑色的牆幾乎已經被光線照成了白色。在這堵大牆之下，羅周看到了鬼影，不是一個，而是許多個鬼影，不，也許是人，可他又實在分不清那到底是人還是鬼。

羅周的渾身顫抖著，他不知道自己該怎麼辦，他的雙腳幾乎麻木了，只是睜大著驚恐的眼睛注視著那堵大牆底下所發生的一切——殺人，他們在殺人。

他看見許多穿著破爛的棉襖和各色舊衣服的人，在那片白色的燈光下，他們的臉都被照得慘白，臉色都是驚慌失措的，他們張大的嘴巴，似乎是在大喊著什麼。可是，羅周卻什麼都沒有聽到，除了暗夜裡北風的怒吼和呼嘯。他數不清大牆底下到底站了多少人，看起來至少有一二百人，他們長長地排成好幾排，就像是在拍什麼集體照。但是又不像拍照，因為他們沒有什麼秩序，亂做一團，有的人還互相攙扶著，而且大多數人的身上還綁著繩索。這些人裡有一半是女人，她們看上去都是衣衫不整的樣子，大多面帶羞愧恥辱的表情，其中甚至還有幾個挺著大肚子的孕婦。還有許多白頭發的老人和調皮的孩子，真正的中青年男子倒不多。有一些孩子還很小，尚抱在母親的懷裡，羅周甚至還看到其中有一個嬰兒正在母親懷中吃著奶。

這是些什麼人？他們為什麼會深更半夜來到這行將被拆除的廠區裡來呢？羅周開

始懷疑自己是不是和老李一樣有神經病而產生了幻覺了。

不，這不是幻覺，他確實見到了這些人，這些人站在那堵大牆底下，驚慌失措地看著羅周。

「你們是誰？」羅周向他們大叫著。

儘管這些人都張在嘴在說著話，可是羅周什麼都沒有聽到。

忽然，那堵大牆前，又出現了一群人，他們穿著電視裡經常見到的日本軍隊的服裝，頭上戴著綠色的鋼盔，手裡端著步槍和機關槍。「你們該不是拍電影的吧？怎麼也不通知廠裡一聲？」羅周向他們嚷了起來。

這些人似乎沒有聽到羅周說的話。忽然，羅周看到他們的槍管裡冒出了火光，天哪，他們真的開火了。可是，羅周卻什麼聲音都沒有聽到，就像是在看一場二十年代的無聲電影。在這些穿著日本士兵服裝的人當中，有幾個扛著機關槍，他們匍匐在地上，槍管裡不斷地噴射著火苗，所有的槍口，都對準了一個目標——大牆底下的人群。

有人中彈了。

不，許多人都中彈了，他（她）們的胸口瞬間綻開了一個大口子，鮮血像噴泉一樣從胸口，從腹腔，甚至從頭頂湧出。鮮血染紅了他們的棉襖，染紅了腳下這片荒涼的大地。第一排中彈的人都倒下了，接著是第二排，所有中彈的人都張大著嘴，羅周雖然聽不到他們的聲音，但可以看出他們的口形，他知道他們喊的是救命，也有的人在喊畜牲。

羅周張大著嘴看著這一切，他一步都動不了了，他不知道眼前所見到的是真實的還是幻影，唯一能肯定的是，現在那堵牆下，正在進行著殺人的勾當。不是在拍電影，而是確確實實的屠殺。

是的，鬼在殺人，在殺人，就在那堵黑色的大牆之下。那些穿著日本軍服，戴著鋼盔，端著步槍和機關槍向人群肆意掃射著的不是人，他們絕對不是人，而是一群——鬼。

老李沒有精神病，他說的一點都沒有錯，鬼在殺人。

月黑風高殺人夜。羅周看到許多孩子也中彈倒下，這些孩子倒下的時候，臉上還掛著笑容，他們也許真的以為那些人是來給他們照相的。有一個母親在用身體保衛著自己的孩子，但是子彈穿透了她的身體，結束兩條生命，還有，還有那幾個孕婦，她們被子彈洞穿的肚子。看著這些，羅周忽然想吐，忽然想哭。

每一個倒下的人，臉上各有各的表情的，有的憤怒，有的仇恨，有的羞愧，有的恥辱，還有的冷漠。

最後一個倒下的，是一個戴著眼睛，留著長長的黑色鬍鬚的中年男子。他站在最後，在大牆的中點，幾排機關槍的子彈射進了他的胸膛。他的鬍鬚在風中顫抖著，他的目光裡閃現出某種特殊的東西，似乎還隱含著什麼，最後他緩緩地臥倒在一片屍山血海中。

羅周再也控制不住自己了，他向那些殺人的鬼衝去，正當他即將抓住一個軍銜為中尉的鬼的時候，燈光忽然滅了。那些耀眼的白色光線立刻消失地無影無蹤，黑暗又重新籠罩在了羅周的頭頂。

一切都消失了。

真的一切都消失了嗎？

羅周跑到了大牆的跟前，什麼都沒有，剛才那些人呢？那些被殺害的人們呢？地上空空如也，什麼都沒有，還是一片寸草不生的白地。而那些殺人的鬼，也瞬間不見了蹤影，逃回了陰曹地府。

寒風依舊凜冽地刮過。

羅周緩緩地走到那堵黑色的大牆，雖然一片黑暗裡，他看不太清，但他還是觸摸到了那堵牆面。那牆面冰涼冰涼的，就像是死人的身體。他的手立刻縮了回來，不敢再碰這堵牆了，他抬起頭，仰望著黑暗的天空，沒有人給他答案。

見鬼了。

剛才那道白色的亮光又是從哪裡來的？他回過頭去，後面的小樓沈浸在黑暗中，什麼都看不清。羅周忽然心裡一涼，他不想自己和老李一樣，再被送入精神病院，他大口地喘著氣，飛快地離開了這裡。他一路快跑著，轉過彎，衝進了小樓。

在小樓黑暗的走廊裡，他停了下來。現在去哪裡？反正此刻就算吃一瓶安眠藥他也睡不著覺了，忽然，他想到了什麼。羅周跑上了二樓，這裡過去都是辦公室，廠子倒閉以後，就沒有人管了，他按照記憶，摸到了廠檔案室的門口，門沒有鎖。他推開了門，他把電燈打開，檔案室很久沒有人管了，發出一股紙張陳腐的味道。

羅周曾經在這間檔案室工作過，他熟悉這裡的資料排列，自從廠倒閉以後，就沒有人再動過這裡的東西了。他找到了這家廠過去的檔案資料，原來這家廠的前身是南京國民政府一家化學研究所，始建於一九二九年，一九四九年以後研究所被改成一家化工廠。

檔案裡顯示，這家化學研究所的創始人名叫林正雲，生於一八九〇年，一九一二年赴美國留學，在海外學習和研究了十七年，成為當時著名的化學家，也是美國一所大學首位華人教授。一九二九年，林正雲歸國在南京創立了這家化學研究所，擔任研究所長，為當時的中國提供化學工業人才和進行化學方面的研究。

接著，羅周在檔案櫃的最裡層發現了一疊資料，他仔細地看了看，原來竟是林正雲的工作日誌。他如獲至寶一般翻開了這本工作日誌，他粗略地看了看，日誌從一九二九年十月二十日開始，一直到一九三七年十二月十八日結束，總共持續了八個年頭，一天都沒有中斷過。

羅周決定從後面看起，他翻到了一九三七年十二月一日的工作日誌，林正雲用毛筆工整地寫著這天的日誌——

製造影像牆的材料已經全部運到了，這些材料來自於安徽的一座磁鐵礦山，我們正在全力以赴地用這些特殊的磁鐵礦石修建這座牆。經測算，我估計兩個星期內就可以完工了。研究所的全體同仁們都很高興，因為我們正在進行的一項重要的實驗，雖然缺乏經費，但我們依靠自己的力量即將完成了，也算是沒有辜負大家幾年來的辛苦研究。

不過，今天早上傳來一個壞消息，常州淪陷了。據說日本軍隊還濫殺無辜，我真的很擔心，自從上海開戰以來，我就沒有睡過一個安穩覺，十一月十一日，上海淪陷，我們所裡許多人都哭了。但願我們的國軍能保衛住首都。

十二月十日——

經過這些天的努力，影像牆的工程已經進入了收尾階段，我們已經開始在牆的表面刷上我們所裡花了好幾年時間自行研製出來的磁性感光材料了，這樣類似的材料，在國外還沒有，我為中國人能夠製造出這樣的材料而感到高興。此外，電磁燈也已經開始安裝了，在電磁燈與影像牆之間，大約有一百米的空地，介時電磁燈所發射出的電磁光線將把空氣中所有物質的影響都投射到影像牆上，這樣，就可以用影像牆來記錄影像了。

然而，今天早上，我聽到了炮聲，這說明日軍已經進攻到了南京城外了。我沒有想到我們的國軍居然如此地不堪一擊，空有數十萬大軍和郊外的城防工事卻無法打退日軍的進攻，看來民國的首都已經危在旦夕了。許多人都勸我儘快地離開南京，如果現在走也許還來得及。可是，現在我們的實驗正進入了關鍵時刻，絕不能再耽擱了，否則就會前功盡棄，我決心留下完成實驗。

十二月十三日——

嗚呼哀哉。日軍入城了。

我偌大一個中國，居然連幾個倭寇都打不過，連首都都送入了敵手，吾輩真的是愧對列祖列宗啊。此刻的南京城，已經風聲鶴唳草木皆兵了，街上亂成了一團，許多潰兵來不及逃走，只能丟下了武器等待投降。而我沒有走，研究所的大多數人都沒有走，我們必須完成我們的使命。

在隆隆的炮火聲中，影像牆即將竣工了。

願老天保佑我們。

十二月十四日——

許多難民湧進了我們化學研究所，他們全都驚慌失措的樣子，其中有些人還受了傷。他們告訴我，日本人一進城就開始對平民百姓進行屠殺，他們見人就砍，燒殺搶掠，許多婦女也遭了殃。所有的人都非常害怕，他們的房子已經被日本人燒了，家裡的財產被洗劫一空，現在外面的街頭已經是恐怖的世界了。我看著這些人，不知道該說什麼才好，我只感到心裡萬分痛苦，我恨我只是一介書生，不能上陣殺敵。我們所裡存著一些糧食，足夠大家過冬了，我們把糧食拿出來分給了這些難民，讓他們擠在研究所的房子裡，希望日本人不要找到他們。

十二月十五日——

影像牆終於完工了，這是一堵用特殊的磁鐵石修造的大牆，牆面上還涮著厚厚地一層磁性感光材料。我看著這堵黑色的大牆，心裡不知道是什麼滋味，它高大而厚實，看起來就像是一道長城。可它終究無法抵擋倭寇，現在我只能說對這堵牆說——你誕生的不是時候。

今天，我的一個學生冒險走出研究所去接他的家人，結果他回來的時候，已經失去了一條胳膊，他說他走到自己的家裡的時候，發現父母已經被殺害了，而自己的妻子也被強暴後自殺，他一歲的兒子被日本人的刺刀捅死在搖籃裡。狂怒的他去找日本人報復，結果被日本人抓住，他們沒有殺他，而是砍下了他的右手，為的是讓他永遠生活在痛苦中。現在他回到了我們所裡，少了一隻胳膊，他瘋了。

按照原計劃，應該是今天進行實驗的，可是，看著這麼多難民，我首先要做的是維護他們的生命。不斷有逃難的老百姓躲進我們研究所，他們帶來的消息越來越可怕。

十二月十六日——

日本人確實已經開始屠城了，屠殺的物件不分男女老少，其手段殘忍無比，簡直就像群畜牲。有一個死裡逃生的難民告訴我：昨天下午，日軍從司法院等難民收容帶走了兩千多名難民，押到漢中門外，用機槍掃射後，再以刺刀捅，然後用木柴，並澆上汽油焚燒，情景慘不忍睹。我聽了震驚了，現在已經是文明的二十世紀了，居然還出現如此野蠻的對平民的大規模集體屠殺，難道日本軍隊就一點人性都沒有嗎？在萬分痛苦中，我們以淚洗面。

十二月十七日——

我們躲在研究所裡，但是我們的鼻子裡都聞到了一股血腥的味道。整個南京城都已經成為屍山血海人間地獄了，這血腥的氣味充滿了全城，我似乎能聽到萬千亡魂在呼喊著，誰能給他們報仇呢？我有一種預感，情況越來越壞了，現在我們所裡已經藏了兩百多難民，日本人很快就會找到這裡來的。我看著這些無辜的人們，他們中有許多是女人、老人，還有孩子，甚至還有孕婦，我的心裡如同刀絞一般。在野獸面前，我沒有能力保護他們，我甚至連我自己都保護不了。

十二月十八日——

上帝啊，為什麼對中國人這樣不公平。

我擔心的事情終於發生了，日本人找到了這裡，他們荷槍實彈地闖了進來。我甚至能看到為首的一個日本人手裡提著的軍刀還在淌著血，那個畜牲的腰間還掛著幾顆中國人的人頭。他們把兩百多個難民全都關在了地下室裡，然後把其中有稍有姿色的女子帶到我的實驗室裡蹂躪。而我們幾個研究所的工作人員，則被關在了檔案室裡，我現在什麼都不能做，只能在檔案室裡寫著我的工作日誌。

我明白，我們這些人，一個都活不下去了，我們都將成為那些野獸的刀下亡魂，是的，我們逃脫不了死亡。但是，我想讓我們的子孫後代，記住我們的遭遇，記住在一九三七年十二月的南京所發生的一切。此刻，夜色已經降臨了，窗外寒風凜冽，這風帶著死亡席捲著南京城。一個日本軍官走進來，命令我們準備一盞探照燈把樓下的那塊空地照亮。我們研究所並沒有什麼探照燈，只有——一盞功率為兩千萬的電磁燈，此刻，那盞電磁燈就高高地懸掛在影像牆上，電磁燈只要一亮，燈光所照到的所有的物體，都將把自己的投影反射到影像牆上，然後將被影像牆的磁性材料記錄下來，永遠地保存著，只要再把另一種電磁燈重新投射在那堵牆面上，所有被記錄的影像就會自動地呈現出來，就像是一場無聲電影。總有一天人們會發現這個秘密的。電磁燈的開關就在我的手上，我開動了電磁燈，瞬間，樓下的這片空地被耀眼的白光所籠罩著。

日本人用刺刀把地下室裡的難民們驅趕了出來，他們讓難民們在我的樓前排列了開來，兩百多人都面對著影像牆和電磁燈的光線。這時候，那個日本軍官又來到了我們的房間裡，他命令我們也下去，我們將和那些難民們一同被屠殺。我點了點頭，我明白自己就快要死了，我不再留戀什麼，我只希望，現在我所進行的科學實驗能夠成功，能夠通過我的電磁燈和影像牆把這大屠殺的罪證永遠記錄下來，讓後世子孫銘記我們民族的災難，與另一個民族的罪惡。

好了，我的工作日誌到這裡為止，我會把工作日誌放入檔案櫃，留待後人的發現。

永別了，朋友們。

林正雲

林正雲的工作日誌到此為止，這是最後一頁，看完這一頁，羅周全都明白了。他沈浸在一種巨大的痛苦和憤怒中，他大口喘息著，好像經歷了工作日誌裡所記錄的一切。

窗外的風繼續呼嘯。現在羅周明白，那堵黑色的大牆，其實就是一個巨大的攝像機，它把所有在電磁燈照耀下發生的事情都記錄下來，然後在另一種電磁燈的光線下再把影像重新顯現出來。他剛才所看到的，就是當年在電磁牆前被記錄下來的影像，那就是在南京大屠殺中所發生的一起集體屠殺事件。羅周知道，從來沒有人能用攝像機記錄下南京大屠殺中的大規模的集體屠殺事件，但是，那堵牆記錄下來了。

這是鐵證，鐵證如山，不容抵賴的鐵證。

在這些工作日誌的最後，羅周還看到了一張林正雲的照片，照片的下面寫著拍攝日期是一九三七年十二月五日。照片上的林正雲四十多歲的樣子，戴著一副眼鏡，留著長長的黑色鬍鬚。就是他，沒錯，剛才羅周在黑牆前所見到的那個最後倒下的中年男子，他就是這張照片中的林正雲，他和那些難民們共赴了國難，一起死在了日軍的槍口下，並且被他自己所創造的天才的發明——影像牆所忠實地記錄了下來。

羅周小心地把這些工作日誌放在一個皮包裡，他要把這些珍貴的資料保存下來，不能隨著這棟小樓一起被毀掉。忽然，他聽到了一陣巨大的聲響，那不是風的聲音，絕對不是。

怎麼回事？

羅周的心裡一驚，他忽然想到了什麼。不，不，他帶著皮包，飛快地跑出了檔案室，他衝下了樓梯，跑出小樓，轉到了小樓的後面。他又見到了耀眼的光線，此外，還有飛揚的塵土，在一盞巨大的燈光下，他看到了一輛推土機，那是一輛巨型的推土機，是他所想到的最大的那種型號。那台推土機正在用那巨大的前鏟，推倒那堵黑色的大牆。

不。

羅周高聲地叫了起來，這是罪證，殺人的罪證，他們在銷毀罪證。羅周看到了那些日本人，他們帶著紅色的頭盔，穿著西裝站在空地上，怡然自得地指揮著推土機的作業，他們發現了羅周，用一種輕蔑的目光看著他。來不及了，已經來不及了，那輛巨大的日產推土機已經把整堵牆全都推倒了，塵土高高地揚起，不，那不是塵土，是特殊的磁鐵材料，現在，已經在推土機下變成一堆廢墟了。

現在，黑牆已經消失了。

面對著黑牆的廢墟，羅周跪了下來，這是罪證，被銷毀的罪證。他明白了，為什麼日本人會看中這家工廠，因為他們已經知道了這堵黑牆裡蘊藏的秘密，他們處心積慮地使這家工廠破產，然後買下了這片土地和廠房，最後一步，就是銷毀罪證。老李的發瘋，也是因為他們用電磁燈使那些影像產生出來，而以前的鬧鬼傳說則可能是因為閃電雷鳴等自然因素造成的。

現在，那些日本人已經談笑風生地離開了這裡，推土機也開走了，只留下一片黑牆的廢墟。羅周的目光裡閃著一些淚水，狂風呼嘯而過，吹亂了他的頭髮，使他的樣子看上去有些可怕。他看著黑夜的深處，那茫茫無邊的夜色依舊籠罩著這座城市。他抬起手，把那些淚水輕輕地擦去，接著，他挺直了腰，從地上站了起來。

忽然，他覺得自己終於長大了。

請記住——一九三七年十二月十三日，中國南京。

作者注：本人不是南京人

附記——謹以此文獻給南京大屠殺中所有的遇難同胞

後記

我與一條河

這是我的第五本書。此前，我已經為我的書寫過很多篇後記了。但在寫這篇後記之前，我卻思考了很久。最後，我想以我與一條河之間的故事，作為這本書的後記。

十歲以前，我住在上海江西中路的一棟大樓裡，大樓很老，我想大概是三十年代造的吧，我還記得大樓裡有部舊式的電梯，帶著我直上到三樓，那時候我的家就在那裡。我們一家三口住在一間不大的房間裡，我還清楚地記得我們家那個鑲嵌在羅馬柱之間的陽臺——

我打開了陽臺的玻璃門，趴在了欄杆上。我的陽臺突出在這棟大樓的牆壁上，看上去就像是城牆的防禦馬面，欄杆是鐵的，在轉角的地方還有圓形的花紋。說實話，我喜歡我的陽臺，我總是坐在陽臺上看書，四周的風，會輕輕掠過我的額頭和書頁，還有慵懶的陽光。我所在這棟六層的大樓有著黑色的外牆和歐陸式的裝飾，現在，我就在三樓的陽臺上眺望著馬路的對面，這條南北向的馬路很窄，我幾乎能透過對面那棟大樓的玻璃窗清楚地看到那家公司裡所有的一切。然後我的視線對準了東北方向的那些建築物，在那些歐洲人建造的各式各樣的大樓裡，有一個個或緊閉或敞開著的窗戶，其中有一個，就是「Z」的窗戶。但是，我現在看不見她，我只能把目光越過那些建築，最後所見到的是，外灘的屁股。我之所以稱這些高大的樓房為外灘的屁股，因為我是從這些建築的背面注視它們，但這種視角對我來說是習以為常了。〈蘇州河〉

江西中路的房子是在蘇州河的南岸，但那時候我更多的是居住在蘇州河的北岸——那是我外婆家，在老閘橋邊的一條弄堂裡，據說山東馬永貞初到上海的時候就常在那座橋下習武賣藝產生。那時候，七、八歲的我常常會趴在橋欄或者是河堤上，望著靜靜流淌的蘇州河水——

我走上了河堤，趴在水泥欄杆邊上，看著那條渾濁的河水。陽光在寬闊的水面上鍍著一層耀眼的金色，掩蓋了這條河流本該有的色澤。河水自西向東流去，水流非常地平緩，河面上平靜地出奇，只有一些細小的波瀾在輕輕蕩漾著金色的陽光。陽光被水面反射著，就像是無數面被打碎了的鏡子拼湊在一塊兒，那些被剪碎了的金色反光，像一把把玻璃碎片飛向了我的眼睛。這就是靜靜的蘇州河，忽然，我有些奇怪，那些川流不息的木船與鐵船，獨自航行的小汽輪和像火車車廂那樣排成一列列緩緩拖行的駁船都到哪裡去了？是順流而下進入了黃浦江，還是逆流而上棲息在市郊那充滿泥土芳香的田野的河邊？失去了航船的蘇州河是孤獨的，我確信。〈蘇州河〉

外婆的家位於過街樓上，兩面的窗戶對著小弄堂的兩邊，而地板下面其實是懸空的，但我更喜歡的是那間童話般的小閣樓，還有老虎窗——

這是個二樓的小房間，十幾個平米，外加一個小閣樓，對於我來說也夠了。這裡散發著一種我熟悉的味道，從每一條樓板的縫隙間湧出來，把我心底的某些記憶又喚醒了。我決定睡在小閣樓裡。小閣樓小得可憐，只有老虎窗外的月光灑了進來，我站在床上，趴著窗口向外望去，伸手可及的是一層層瓦片。忽然我好像看見了什麼，在月光與路燈的光影中，一團白色的東西從十

幾米外的瓦片上一掠而過，在黑夜的背景下很顯眼，但那東西閃得很快，像個精靈。〈戀貓記〉

後來，我們家搬到了三官塘橋邊上，依然是蘇州河邊，我只記得那時候我們家裡養過一大群鴿子，還有過一隻貓，這就是後來被我寫進〈戀貓記〉和長篇小說《貓眼》裡那只美得攝人魂魄的貓。

五年以後，我們又搬家了。這一回是搬到了靜安區的沿河地帶，離蘇州河也只有幾百米的距離。我清楚地記得那一帶河邊的情景，那裡有一個環衛局的垃圾碼頭，荒涼的河邊雜草叢生，許多拾荒者依靠著河邊的垃圾而生存著。

一九九八年，我搬到了現在的家。我還是沒有逃脫蘇州河的掌心，只要出門一百米，依然能看到那片泛著波光的河水。現在，垃圾都已經不見了，只有一大片的綠地，和賣到八千塊一平方的小高層。

在許多個夜晚回家的路上，我都會走過蘇州河上的一座橋，過了這座橋，就到家了。走在橋上的時候，帶著泥土氣味的河風都會吹拂著我的眼睛，讓我的眼前一陣迷惘。於是，當我跨過這條橋之後，心裡就忍不住有一些特別的東西在暗暗地湧動。到了凌晨時分，這些特別的東西就會像是暗夜漲潮的河水一樣，浮動在我的夢中，對我講述一個又一個的故事。

當我從夢中醒來的時候，常常為這些夢中所看到的故事而感動，其中的絕大部分，都被我剛醒來時那迷迷糊糊的腦子所遺失了，再也無法記起來。也許，清晨被遺失的那些故事才是真正的文學吧。如果運氣好，我或許能記住剩下來的一星半點。於是，許多小說就從這些夢的片段中分娩出來了，比如〈蘇州河〉。

然而，我確信無疑的是，所有這些夢和小說，都來自離我臥榻數百米外的那一條河——是這條河面上日夜不息的波濤，是這條河底下堆積了無數年的泥土，是這條河水中暗暗湧動的靈魂。於是，就有了現在的這本書。

我不知道，當我有朝一日離開這條河的時候，我是否還能繼續得到繆斯的垂青？

最後，謹以此書，獻給一條叫蘇州河的河流。

國家圖書館出版品預行編目資料

天寶大球場的陷落/蔡　駿著 -- 初版. -- 台北縣新店市 ： 高談文化, 2003【民92】
面； 公分
ISBN 957-0443-70-7（平裝）

857.63　　92004271

天寶大球場的陷落

作者：蔡　駿
出版編輯：宜高文化
地址：台北市信義路六段29號4樓
電話：（02）2726-0677　傳真：（02）2759-4681
http://www.cultuspeak.com.tw
E-Mail：c9728@ms16.hinet.net
定價：新台幣240元整
製版：菘展製版　印刷：松霖印刷
圖書總經銷：成信文化事業股份有限公司
電話：（02）2749-6108　傳真：（02）2249-6103
郵撥帳號：19282592高談文化事業有限公司
行政院新聞局出版事業登記證局版臺省業字第890號

2003年4月一版